Liebesbriefe
die zu Herzen gehen.

Henriette Maria Heil

Liebesbriefe
die zu Herzen gehen.

**Eine Romanze,
von der Sonne geküsst,
vom Winde verweht.**

Bibliografische Information der Deutschen Nationalbibliothek:
Die Deutsche Nationalbibliothek verzeichnet diese Publikation in der
Deutschen Nationalbibliografie; detaillierte bibliografische Daten
sind im Internet über http://dnb.dnb.de abrufbar

© 2017 Henriette Maria Heil
Herstellung und Verlag:
BoD — Books an Demand, Norderstedt

ISBN 978-3-7431-9589-9

Vorwort:

Manchmal so hofft man im Herbst des Lebens, noch einmal das große Glück zu erleben, oder zu finden. In der ersten Euphorie ist man von dem plötzlichen Überschwang der Gefühle so begeistert und glaubt an ein kleines Wunder. Denn egal wie alt man ist, man ist niemals vor dem Zauber der Liebe gefeit.

Ein umfangreicher Zeitungsbericht, hat mich zu dieser Geschichte inspiriert. Die Überschrift: **„Hoffentlich ein Liebesbrief".**

Eine Schweizer Professorin, sammelte schon für die Forschung ca. 10000 Liebesbriefe. Sie sind in der Bibliothek der Universität in Koblenz „versteckt" und einzigartig in Deutschland. Im „Online-Zeitalter" wird es diese schönen Briefe sicher nicht mehr geben. Für Wissenschaftler gehen die inneren Werte verloren und sie finden, das Internet sei ein **„neoromantisches Medium".**

Aber: **Liebesbriefe**, *wer liest sie nicht gerne, auch wenn man sie nicht selbst bekommen hat. Ich freue mich, liebe Leser, Sie nun auf eine schöne „Traum-Reise" mitzunehmen und ihre Phantasie anzuregen. Lassen Sie sich nun von „ISABELL" und „ANDREAS" verzaubern.*

Mit **„Liebesbriefen die zu Herzen"** *gehen, möchte ich Ihr Herz berühren und Ihnen ein paar interessante und bezaubernde Stunden bescheren.*

Eine Träumerei, die leider nur ein paar Monate bestehen konnte. WEIL?...

...Doch lesen Sie selbst.!!

Einleitung

„Liebe ist ein Geschenk, nur viele wissen es nicht"!

Als ich noch ein kleines Mädchen war –es war Krieg – erlebte ich oft, dass meine Mutter sehnsüchtig auf eine liebevolle Nachricht von meinem Vater aus Russland wartete. Sie war dann sehr glücklich, wenn es ihm gut ging und er nicht verwundet war.

Die Zeit der schönen, ergreifenden Liebesbriefe die mein Vater ihr immer schrieb und die Herzklopfen verursachten, waren bestimmt durch die traurigen Kriegsereignisse etwas eingeschränkt. Aber ich erinnere mich noch sehr gut an die innig verliebten „Schwarz-Weiß-Karten" und dem – heute - würde man sagen: "Herz-Schmerz-Text". Vielleicht ist es ja bei manchen verliebten Paaren noch aktuell. Nur hat sich seit damals sooo viel verändert.

Ja, damals vor vielen Jahren!! Die Liebesbriefe verwahrte man – für immer und ewig – in wunderschönen, verzierten Schatullen, mit bunten Bändchen auf und es war ein liebevoll gehütetes Geheimnis.

Da man noch kein Fernsehen und so viel Abwechslung wie in der heutigen Zeit hatte, las meine Mutter sehr oft die sehnsuchtsvollen Zeilen und schlief danach glücklich und zufrieden ein.

Gerne erinnere ich mich auch an die wunderschönen Gedichte und Liebesbriefe, die Johann Wolfgang von Goethe an Charlotte von Stein und an seine liebe Frau Christiane Vulpius schrieb. (Sie sind in Weimar aufbewahrt.)

Doch, über dieses Kapitel könnte man noch viel berichten, mit der Überschrift: „ES WAR EINMAL."

Ein kleines Gedicht möchte ich für sie anfügen:

Liebe.

Woher sind wir geboren?

Aus Lieb'.

Wie wären wir verloren?

Ohne Lieb'.

Was hilft uns überwinden?

Die Lieb'.

Wie kann man Liebe finden?

Durch Lieb'.

Was lässt uns lange weinen?

Die Lieb'.

Was soll uns stets vereinen?

Die Lieb'.

Johann Wolfgang von Goethe

„Das gesunde Leben besteht aus frohem Tun, aus der Freude des Gelingens und dem Glück der Liebe."

Diese Devise hatte ich mir auf meine Fahne geschrieben, als ich das Senioren-Alter erreichte. Jedoch musste ich bald feststellen, dass es mit der LIEBE, beziehungsweise, wieder einen passenden Lebenspartner zu finden sehr schwer wird, zumal die Herren der Schöpfung, leider, ihre angetraute Ehefrau oft früh verlassen.

So auch in meinem Fall. Mein geliebter Ehemann verstarb an einem Herzinfarkt und ließ mich schon mit 60 Jahren alleine. Man stellt bald fest viele Freunde sind nicht mehr so präsent wie früher und man ist oft einsam und alleine.

Auch mein späterer liebevoller Lebensgefährte ein wunderbarer Mensch, musste zum meinem Leidwesen, ebenfalls das irdische Leben leider bald verlassen und verstarb nach einer kurzen Krankheit.

Jetzt hatte mich schon wieder dieses Schicksal ereilt. Und ich hatte schon vorher fast alle Hoffnungen aufgegeben. Bald merkt man auch, dass man im Herbst des Lebens nicht mehr so große Ansprüche stellen darf. Also hatte ich schweren Herzens, der Vertrautheit und der Liebe „Ade" gesagt. Ich überlegte mir: „Was will ich auch noch erwarten in meinem Alter? Schließlich geht es vielen Singles und Witwen nicht anders."

Mit diesen und ähnlichen Gedanken beschäftigte ich mich sehr oft. Auch meine Trauerphasen ließen mich lange nicht los, jedoch alles Jammern nützte nichts. Das Leben geht weiter und man muss nach vorne blicken. So meine Devise!!

Mit Reisen und kulturellen Veranstaltungen, versuchte ich mein Leben wieder in den Griff zu bekommen, denn meine wunderbare Arbeit war ja inzwischen ebenfalls beendet. Leider, denn nun fehlten mir nicht nur mein verstorbener Ehemann und mein sehr vertrauter, gütiger Lebenspartner – ebenso meine langjährige, liebenswerte und dankbare Kundschaft. In meinem Kosmetiksalon konnte ich sie immer verwöhnen. Nun waren auch sie mir „abhanden" gekommen. Denn durch meinen Umzug in eine andere Stadt, hatte ich mein Geschäft, schweren Herzens geschlossen.

Aller Unmut half nichts und so hatte ich langsam mein tägliches Leben wieder mit Höhen und Tiefen soweit im Griff und war zufrieden. So dachte ich jedenfalls lange Zeit und das Thema „Liebe" war nun abgeschrieben!

Isabell *eine sehr sensible Frau, vom Leben durch viele Schicksalsschläge geprägt, wurde nach und nach eine starke Persönlichkeit. Zwangsläufig. Sie erlebte nicht nur Tiefen, sondern durch ihr Sentiment, auch immer wieder Höhen in ihrem Leben. Sie ließ sich nicht unterkriegen und begegnete auch immer wieder sehr netten Persönlichkeiten, sowohl Damen als auch Herren, die sie oft etwas aufmunterten. Sie war sehr dankbar für die Freundschaften, doch nichts kann eine herzliche und vertraute „Liebe" ersetzen.*

Im Unterbewusstsein wünschte sie sich jedoch, noch einmal einen netten Lebensbegleiter zu finden, wenn es auch wenig Hoffnung gab.

Doch wie sich bald herausstellen sollte, ist man jederzeit empfänglich für liebevolle Gesten und schmeichelhafte Worte. - UND - plötzlich wie von Geisterhand änderte sich so manches.

Sie überlegte lange: **„Nennt man so etwas Schicksal oder Vorsehung"?**

HEUTE in der modernen Zeit, - jeder hat ein Smartphone oder Handy in der Tasche. Alles geht per WhatsApp, Skype, SMS usw... Liebesbriefe wie früher sind nicht mehr IN und die Jugend weiß vielleicht nicht mal genau was das ist und wie man ihn schreibt. Sie gehen super mit modernen Geräten um, aber einen schönen innigen, herzergreifenden und unvergesslichen Liebesbrief schreiben, ist selten geworden und lange OUT.

Außerdem ist das Handy, jederzeit einsatzbereit und schnell zur Hand. Sich mühselig mit Schreibutensilien zu versorgen, wie früher, ist viel zu zeitaufwendig und einfach – UNMODERN! –

Ich hoffe jedoch, es gibt immer noch ein paar Menschen, die sich nicht total dem Google-Zeitalter verschrieben haben. Gibt es noch Liebende, die sich in einer ruhigen und romantischen Stimmung die Sterne vom Himmel holen und sich einen Liebesbrief oder ein Gedicht schreiben? Heute zwar per E-Mail, aber immerhin, Herz erfreuende Briefe gehen auf die Reise.

Mit diesem romantischen Abenteuer, darf ich Ihnen vielleicht ein paar schöne Stunden, ein wenig Sehnsucht und Erinnerungen an längst vergangenen Zeiten vermitteln.

Die Uhr des Lebens *tickt unaufhörlich weiter – LEIDER!*

Ich konnte mich nicht mehr mit dem Gedanken anfreunden, nach einer langjährigen, glücklichen Ehe und einer sehr liebevollen Partnerschaft, noch einmal dieses Glück zu haben, einen passenden Herrn zu finden, der auch noch einer kritischen „Jungfrau" gefällt. Außerdem war es für mich sehr schlimm, diese beiden mir so nahe gestandenen und so liebenswerten Menschen, durch den Tod zu verlieren. Die Trauer war unermesslich groß!!!

Jedoch, nach einer langen Zeit der Wehmut und den Trauerphasen dachte ich, jetzt musst du nach vorne sehen, um dein Leben wieder in den Griff zu bekommen. Ich überlegte mir, einen Langzeiturlaub auf der wunderschönen Frühlingsinsel Madeira zu verbringen, die ich schon von einigen früheren Reisen kannte. Mit diesem Gedanken hatte ich mich bald angefreundet und war in „Aufbruchsstimmung".

„Der Mensch denkt und Gott lenkt", *so heißt ein bekanntes Sprichwort und wie sich bald herausstellte ist man im Leben, egal in welchem Alter, nicht gefeit vor der LIEBE. Auch habe ich erkannt, dass man jederzeit empfänglich ist für liebevolle und zu Herzen gehenden Worte, Gesten und vielleicht auch noch für etwas mehr. Ja, gerade im Alter, viele verdrängen es, aber die Sehnsucht nach einem liebenden Menschen bleibt. Wenn man älter ist bestimmt noch mehr, denn alleine sein, ist nicht erstrebenswert und oft von trüben Gedanken begleitet.*

Zwar kann man sich in der heutigen Zeit sehr viel Abwechslung durch Medien, Sport, Reisen, kulturelle Veranstaltungen, Computerkurse, VHS, Smartphones und dergleichen verschaffen. Jedoch der persönliche Kontakt, ein gutes Gespräch mit Familie, Freunden und lieben Menschen ist durch nichts zu ersetzen.

Da ich in meinem großen Haus, Geschäft, und Pension immer mit vielen Menschen, netten Kunden, Feriengästen und Freunden sehr beschäftigt war, war Langeweile und Einsamkeit für mich ein Fremdwort. Nun, eine neue Umgebung, ohne Partner, ohne Familie. Die Kinder wohnen weit entfernt und daher ist die Alterseinsamkeit, auch bei vielen alleinstehenden Menschen vorbestimmt. Und dieser Isolierung wollte ich mich baldigst und vehement entziehen.

Es war schon wieder Herbst, der Winter stand vor der Türe und hielt umgehend seinen Einzug. Eine Zeit, trist, dunkel, reizlos und schauriges Wetter. Für mich eine sehr unangenehme, schlimme und deprimierende Vorstellung. Zumal man die Schönheiten des Winters nicht mehr wie früher genießen kann. Also, eine unangenehme Zeit, jedenfalls in punkto Witterung.

Nun überlegte ich nicht mehr lange, mein Entschluss war gefasst. Meine Kinder waren einverstanden und ich buchte in dem herrlichen, mir sehr vertrauten Hotel, dem netten, freundlichen Personal und wunderschönen Ambiente für ein paar Wochen „Frühlings-Urlaub" auf MADEIRA. --

Wunderbar, *so dachte ich! Aber meine Vorfreude wurde leicht getrübt, als ich an die Vorbereitungen für die lange Zeit dachte. Nur 20 kg Gepäck! - Hier musste alles gut überlegt sein, denn bei der Vielfalt meines Kleiderschrankes dem wechselhaften, sonnigen Frühlingswetter und was man so für ca. 3 Monate benötigt, war für mich schon eine Herausforderung.*

Es war Ende Oktober und ich wollte gerne dem netten Personal im Hotel eine kleine Freude bereiten. Nun beschloss ich ein Paket, vorab nach Funchal zu schicken. Da die Weihnachtszeit und Silvester ein besonderes Highlight auf der Insel ist, überlegte ich mir, dass eine deutsche Spezialität --"Nürnberger Lebkuchen"--, vielleicht angebracht wäre. In der Hoffnung, dass alles wohlbehalten ankommt, freute ich mich über meine Impulsivität.

Mein Weg führte mich in einen großen Supermarkt, in dem ich einiges für diese Reise besorgte. Und schon hatte mir das Schicksal, die Zufallsbegegnung mit „Romeo" beschert.

Wir hatten uns lange nicht gesehen. Ein ehemaliger Kommilitone aus unserer Studienzeit, stand plötzlich hinter mir. Ich drehte mich um, wir schauten uns einige Sekunden an,- mein Gedanke! -" Diesen Herrn kennst du doch".- Ja, sagte er: „Ich bin es nur etwas älter geworden." Nach einen kurzen „Smalltalk", wollte er mich einmal anrufen und unsere Visitenkarten wechselten den Besitzer.

Es vergingen einige Tage, *als mein Studienkollege anrief und mich zu einem netten Nachmittagskaffee einlud. Ich freute mich und gerne folgte ich dieser Einladung. Wie üblich wird von der Vergangenheit erzählt und schnell waren 2 Stunden vergangen. Da ja mein Urlaub vor der Türe stand, und Andreas ein Klassik-Liebhaber war, besorgte er noch schnell, für uns 2 tolle Karten für eine Matinee-Vorstellung in der Frankfurter Oper. Ich freute mich sehr und war total happy.*

Danach rückte mein Abreisetermin schon in greifbare Nähe. Diese kurze Begegnung im Supermarkt und das Wiedersehen hat uns beide in einen kleinen Liebes-taumel versetzt und war der Anlass für eine herrliche Romanze. Die letzten Tage vergingen in Windeseile. Jedoch war der PC oft im Einsatz, um noch vor dem Abflug, liebe Zeilen an Isabell zu senden.

Termingerecht fuhr mich mein Kavalier zum Flughafen und mit einer Träne im Knopfloch verabschiedeten wir uns und ich flog meinem Urlaubsziel entgegen.

Wunderbare und herzerfreuende Liebesbriefe gingen nun per Mail, bald täglich, nach Madeira auf Reise die ich immer sehnsüchtig erwartete.

Freuen Sie sich nun auf:

„Liebesbriefe die zu Herzen gehen."

Die ersten Mails, die mich zu Hause erreichten:

Hallo liebe Isabell,

das war ja gestern ein schöner und überraschender Moment für mich, Dich im Supermarkt zu treffen. Mit Deiner V-Karte habe ich versucht, von Deinem Büchlein etwas im Internet zu finden. Wenn Du magst können wir uns sehr gerne in den nächsten Tagen zu einem Nachmittagskaffee oder einem Gläschen Wein verabreden.

Ich freue mich auf Deine Nachricht und verbleibe bis dahin mit recht herzlichen Grüßen

Andreas.

Guten Morgen lieber Andreas.

Recht herzlichen Dank für Deine Einladung.

Ich wünsche Dir einen schönen Tag, liebe Gedanken und sage bis bald.

Gruß Isabell.

„Nimm wahr die Zeit, sie eilet sich,
und kommt nicht wieder ewiglich."
Matthias Claudius.

Danke liebe Isabell,

für die zwei netten und interessanten Stunden mit Dir und vielleicht war es auch ein Anfang von „Glück entgegen".

Melde mich bald für ein „da capo".

Herzliche Grüße

Andreas.

12.11.2013

Liebe Bellinda,

so magst Du doch gerne genannt werden, wie ich seit den schönen Nachmittagsstunden weiß. Dein früheres schönes Domizil im Spessart und die herrliche Landschaft in den bunten Herbstfarben zu erleben war sehr beeindruckend.

Seit 5 Stunden wieder mal alleine zuhause, denke ich über die neue späte Verbindung unserer Sympathie nach und was sich daraus entwickeln könnte.

Nach Deinen für mich, reichlich geflossenen Worten und Informationen, bin ich sehr positiv überrascht, was Du in Deinem Leben geleistet und nach Deiner Ehe und Deinem treuen Freund gemeistert hast.

Du bist fürwahr *nach allem was hinter Dir liegt eine „Steh-auf-Frau", die das Leben sucht und liebt und wunderbar selbständig gemeistert hat.*

Doch wie passe ich dazu? Von Deiner herzlichen Seele kann ich nur ahnen und von Deinen Gefühlen, wünsche ich mir eine baldige „Offenbarung" bevor Du für viele Wochen nach Madeira entfleuchst!!!

Ein „klassischer Widder" wie ich es bin, sucht den Erfolg auf allen Ebenen und ich bin unsicher, ob eine „zarte Jungfrau" diesen Stress ertragen kann.

Wollen wir einen Versuch riskieren? Sehr gerne erwarte ich Deine MAIL zu einer Kaffee-Einladung in den allernächsten Tagen.

Ein bisschen verliebte Abendgrüße von

Andreas.

14.11.2013

Lieber Andreas!

Mit Deinem wunderschönen, offenherzigen Brief hast Du es geschafft, Isabell die Nachtruhe zu rauben. Da ich ein realistischer, zukunftsorientierter Mensch bin, der mit „Überlegung" - bis jetzt – sein Leben gemeistert hat, wurde ich mit Deinen lieben Zeilen zum „Nachdenken" angeregt.

Ein Meister der „Schreibkunst" und seines Zeichens „Widder", hat es fertig gebracht die gewünschte „Offenbarung" meiner Gefühle zu wecken. Der Weg zum Glück, so denke ich, steht uns bestimmt, wenn wir das wollen, mit etwas Rücksichtnahme und Vertrauen offen.

Da das Metermaß des Lebens schon so weit fortgeschritten ist, sollten wir die Chance nutzen und uns nochmal auf das „Liebesabenteuer im Alter" einlassen.

Die „zarte Jungfrau", wie du es nennst, hat einen starken Aszendenten und wenn Du es willst, packen wir es an. Ich grüße Dich mit einer lieben Umarmung

Isabell.

16.11.2013

Liebe Isabell –

wieder zuhause hörte ich vor 10 Minuten eine schmusige CD aus einer Franz-Lehar-Operette mit der Tenor-Partie: „Schön ist die Welt – wenn das Glück dir ein Märchen erzählt".

Ja – meine verehrte Jungfrau, vielleicht wird aus unserer kurzen Verbindung, nach wenigen Stunden, schon bald eine liebevolle Romanze – oder ist sie es bereits?

Ich war sehr überrascht und ebenso erfreut von Deinem noblen Zuhause, das Du überaus komfortabel und geschmackvoll gestaltet hast, doch das liegt ja in Deinem künstlerischen Naturell.

Beim „Servus für heute" durfte ich Deine wunderbar strömende Wärme für mich spüren und Minuten später dachte ich lange in meinem viel bescheideneren Zuhause darüber nach, vielleicht einen Fehler gemacht zu haben – verzeih bitte!

Außer meiner riesigen Vorfreude auf den "Klassik-Konzert-Sonntag" bewegen sich meine zu oft grüblerischen Gedanken, bereits auf Deine lange Abwesenheit, auf die schöne Ferieninsel Madeira.

Wir beide haben doch in so kurzer Zeit, so hohe „Sympathie – Temperaturen" dankbar gefühlt und es bleibt die Frage, wie können wir beide hiermit unsere verliebten Herzen 11 lange Wochen damit „strapazieren"?

Als realistischer Widder hat mich Dein „Taifun" getroffen und mein „Frei-Schwimmer-Schein" reicht nur für wenige Meter ans „rettende Ufer".

Ein bisschen Italiano habe ich auch in einigen VHS-Kursen gelernt.

„Cari saluti e un abbraccio forte e domani".

    Andreano *(so wurde ich im Kurs genannt.)*

17.11.2013

Lieber Andreas,

Dein ungewöhnlicher Brief hat mich heute Nachmittag, als ich den PC öffnete sehr überrascht und auch erfreut. Diese romantische Seite hätte ich dem ruhigen, bedächtigen und ehrgeizigen Andreas eigentlich nicht zugetraut.

*Aber: „***Wunder gibt es immer wieder***".*

Zum Thema Sternzeichen, mein Sohn Markus ist ebenfalls Widder. Außerdem sind in meinem Leben Widdergeborene meine treuen Wegbegleiter. Viele guten Freundinnen und auch Freunde sind Widder.

Meine Freundin in München hat am gleichen Tag Geburtstag wie Du. Also, vor dem „Widder" habe ich keine Angst!

Nun zu mir: Meine Charaktereigenschaften hast Du ja schon studiert und Dir auch ein paar Gedanken darübergemacht. Ich bin überzeugt, dass Du weißt was dieser Brief für mich bedeutet.

Vorab, „Jungfrau Isabell" ist ein sehr korrekter, treuer und sensibler Mensch, die die Erfüllung in Harmonie und Gleichklang in einer Beziehung sucht. Jedoch ist sie manchmal auch ein wenig kritisch. Erfolg, Ehrlichkeit und Zuverlässigkeit haben ebenfalls obere Priorität.

Habe ich zu viel geschrieben, oder haben wir einige Gemeinsamkeiten, um ein Versuch wie Du es nennst zu riskieren?

Vielleicht wäre ein „spätes Glück" und vom Zufall –Supermarkt vorbestimmt, denn ich glaube ja ein wenig an eine „Fügung von Oben".

Lieber Andreas, zu meiner Einladung, – wenn Du mich anrufst - können wir uns zu einem lukullischen Mittagessen bei mir verabreden.

Also, wenn das Telefon nicht so weit entfernt ist, gebe mir bitte Bescheid.

Einen lieben Abendgruß und eine gute Nacht, wünscht Dir

Isabell.

18.11.2013

Liebe Isabell –

weil Du wie zugegeben meine Worte gerne liest, schicke ich Dir wieder meine Gedanken über uns, und geschriebene Worte sind bei „Bedarf" auch leicht nachzulesen.

Hab Dank – es war gestern ein wahrhaft erfüllter Sonntag mit Dir und neuen Empfindungen. Seit vielen Jahren fahre ich immer alleine ins Konzert oder Oper nach Frankfurt, Bad Kissingen, Salzburg, München, Wien, um meinen Klassik-Hunger zu stillen. Doch diesmal war eine neugierige Dame an meiner Seite, die diese Leidenschaft mit mir aufmerksam teilte und genoss.

Am Abend gab es bei Dir ein delikates und geschmackvoll zubereitetes Essen, das ich bei jedem Bissen spüren durfte.

Danach war der sonst so entschlossene Widder unsicher ob er „angreifen oder reserviert" bleiben soll. Ich entschied mich schnell für „angreifen" um von Deinen versteckten Gefühlen noch mehr zu erfahren und Du hast mich sehr zögernd in Dein „edles Gemach" geführt. Es folgten für mich lange vermisste Zärtlichkeiten in Deinen verführerischen Armen zu schwelgen und meine heißen Küsse Deinen glutvollen Lippen und Deinem tollen Busen zu schenken.

Ich fühlte mich umschlungen von Dir, sehr glücklich und verliebt!

Wieder zuhause habe ich lange nacherlebt was mit uns beiden in diesen Stunden wirklich geschah und ob sich daraus eine gesunde Verbindung ergeben kann, die auf Vertrauen und Verständnis beruht.

Bedenke bitte liebe Isabell, ich bin seit Jahren ein „Eremit" mit Marotten und notwendig gewordenem Egoismus.

Ob Du mich wohl aus diesem „Lebenstief" befreien kannst?

Jetzt aber freue ich mich auf „Ente a la Isabell" am Mittwoch.

In großer Vorfreude und herzliche Grüße bis dahin

Andreas.

20.11.2013

Meine verehrte Jungfrau -

Es war für mich ein wunderbares Erlebnis wieder Deine feine Küche zu genießen, nur musst Du Dich nach Deiner Madeira-Rückkehr an schmalere Portionen für mich orientieren – so gut Du es auch meinst, weil ich auf mein Gewicht achten möchte.

Im Hintergrund beseelt mich eine sehr blumige und romantische CD, die unser neues Verstehen beflügelt. „Es muss was wunderbares sein, von Dir geliebt zu werden" – oder - „So wie die Blume welkt (meine roten Rosen), wenn sie nicht küsst der Sonnenschein"- oder - „Wer hat die Liebe uns in Herz geschenkt" - oder – noch viel schlimmer – „Dein ist mein ganzes Herz" - doch dafür brauche ich in meiner jahrelangen „Einsiedelei" noch ein paar „Trainerstunden" mit Dir.

Dies sind alles Tenor-Sopran-Partien aus schmusigen Operetten von Franz Lehar und Nico Dostal.

Aus meinem geliebten Klassik-Fach Richard Wagner, weiß ich auch noch ein paar romantische Stellen:

„Einsam in trüben Tagen habe ich zu Gott gefleht – des Herzens tiefstes Klagen ergoss ich im Gebet" – oder – „Das süße Lied verhallt – wir sind allein – zum ersten Mal allein, seit wir uns sahen".

Ich bin sicher, Du machst Dir damit reichlich Gedanken über Deine sensible Seele und wo Dein Herz-Blättchen schlägt.

Mein Thema Wagner gibt so unendlich viel für den "täglichen Gebrauch" an Dramatik und gleichfalls verliebter Lebens-Romantik her und vielleicht darf ich Dich im neuen Jahr, bei den Bayreuther Festspielen im August einmal dorthin „entführen".

Jetzt habe ich Dich aber nach dem harmonischen Mittagessen, zur Nacht, mit „reinem Bienenhonig" befrachtet und hoffe auf Dein „dormi bene", d. h. in Italiano - schlaf gut.

Melde mich bald wieder…

Cari saluti

Andreas.

21.11.2013

Lieber Andreas,

soeben habe ich meinen PC geöffnet und wollte mich brav und ordnungsgemäß für den liebevollen Brief von gestern und das einmalig schöne Konzert bedanken.

Jetzt überwältigen mich erneut Deine hinreisenden Zeilen. Mein Herz klopft bis zum Hals und in meinem Kopf ist ein „Karussell", so schwindelig ist mir von Deinen geschriebenen Worten. Außerdem bekomme ich schon Komplexe, denn so einfühlsame und hinreisende Briefe waren mir bisher fremd und sind mir noch nie in so liebevoller Form übermittelt worden.

Doch nun zu gestern. Du hast es sicher bemerkt, ich war von dem wunderschönen Konzert so begeistert, dass mir unwillkürlich Tränen über die Wangen liefen. – Warum? – Vor Ergriffenheit, Rührung oder war es etwas Anderes! – Ich lasse es offen!!! –

Lieber Andreas, ich muss sagen, Deine romantischen und unbeschreiblich liebevollen Zeilen sind Öl in das leicht entflammbare Feuer meines Herzens. – Hast Du's gespürt?

Der schwere und ungewohnte Wein und das Liebesgeflüster haben natürlich dazu beigetragen, dass ich meinen Vorsätzen untreu wurde. UND NUN…?

Können und wollen wir damit leben? – Die Zeit auf Madeira wird zeigen, wie groß unsere Sehnsucht wird und ob wir ohne „Schwimmweste" wieder das heimatliche Ufer erreichen.

Deine wunderschönen Briefe werden mich sicher auch auf Madeira erreichen und ich werde sie in meinem Herzen aufbewahren, bis wir uns wiedersehen.

Ich bin der Meinung, der „liebe Gott" hat eine Verbindung eingeleitet, die es sonst nur im Film gibt. Vielleicht sollten wir dieses Glück erkennen und es dankbar annehmen.

Soeben lese ich einen Kalenderspruch: „Geliebt und verstanden zu werden, ist das größte Glück".

Honore`de Balzac.

Für heute, alles Liebe, eine gute Nacht und wunderbare Träume, das wünscht Dir

Isabell.

22.11.2013

Lieber Andreas,

vor mir liegt ein kleines Büchlein, das erste Blatt mit einer roten Rose. Beinahe so schön wie Deine edlen Rosen. Darunter ein kleiner Vers von Phil Bosmans.

„Nimm Dir Zeit, um glücklich zu sein.

Zeit ist keine Schnellstraße zwischen Wiege und Grab,

sondern Platz zum Parken in der Sonne".

(Vielleicht ein Hinweis.)

In Gedanken versunken sitze ich hier in meinem Wohnzimmer vor einem wunderschönen Rosenstrauß, höre „Schmusemusik" und denke an einen Herrn, der mir mit seinen zärtlichen, liebevoll, romantischen Briefen den Kopf verdreht. Wie soll man jetzt damit leben??

Ich habe mein „Orakel" gefragt und die Antwort lautet: **„Genieße das Leben, denn jeder Tag ist ein Geschenk".** *Da wir die Zeit nicht aufhalten können, werden wir – Du bestimmt auch – diese Verliebtheit mit allen Sinnen und Remis unseres Herzens auskosten. – Einverstanden?*

Bei Deinen wunderschönen Briefen und Liedertexten, die meine Liebe zur Operetten- und Opernmusik wieder entfachte, schmelze ich einfach dahin.

Außerdem freue ich mich sehr, eine so kompetente, erfahrene und liebevolle Begleitung für exklusive Konzertsäle zu haben. Der mich nicht nur in das Reich der Musik, sondern auch noch darüber hinaus, in eine Welt der „Liebesgefühle" entführt.

Die angekündigten „Trainerstunden" werden wir - gemeinsam - bei entsprechendem „Ambiente" und „Schmusemusik" bestimmt erfolgreich absolvieren.

Vielleicht wachsen unserer Phantasie auch Flügel, um die Zeit bis Februar gut zu überstehen. Isabell ist ein Mensch, der sehr empfänglich ist für Komplimente und diese sehr wohltuende schriftliche Art, sind „Streicheleinheiten" für meine Seele, die man immer wieder lesen kann.

Jetzt muss ich Schluss machen sonst zerfließt die „Tinte" auf dem Papier und ich kann nicht schlafen.

Eine gute Nacht mein Lieber, wünscht Dir Deine „Jungfrau",

Isabell.

LIEBE LESER,

bis dahin „flogen" die Mails hin und her und der Abschied war in greifbare Nähe gerückt.

Nur noch ein paar Tage! Ob diese verliebten Mails auch in Funchal, im Hotel ankamen, war fraglich.

Ich hatte weder Notebook, noch ein Ipad, Smartphone o.ä., denn von all den komplizierten modernen Geräten, wurde mir von meinen Kindern immer abgeraten. Jetzt hatte ich nur ein Senioren-Handy, aber im Hotel gab es ja viele Möglichkeiten.

Mein letzter Brief war auf dem Weg zu meinem „Romeo" und nun war es so weit, dass mich mein geliebter Andreas zum Flughafen brachte. Mit einer „Träne im Knopfloch" verabschiedeten wir uns.

Noch ein kleines Bussi und ich war für 11 Wochen verschwunden!...

Einige Tage in meinem geliebten Ferienparadies waren schon vergangen und ich wartete sehnsüchtig auf eine „Rückmeldung" meiner kurzen Mails, die ich vom Computer des Hotels an Andreas sandte.

...Endlich kam die Antwort!

03.12.2013

Liebste Jungfrau!

Deine beiden Mails sind gut angekommen, nur weiß ich nicht ob dies auch umgekehrt möglich ist. Ich versuch`s einfach!!

Ich kann mich leicht hineinfühlen in Deine verliebten Gedanken und Wünsche unter südlichen Sonnenstrahlen, aber ich leide ebenso trotz Winterwetter und würde Dich gerne mit heißen Küssen „strapazieren" an vielen Stellen Deiner empfindsamen mindestens „160 EZ".

Nach kaum 3 Wochen hat uns der „Amor-Blitz" getroffen und als „betagter Senior" hätte ich nie geglaubt, noch einmal ein verrückt liebendes Herz, per Zufall, zu finden.

Mein knorriger Widder-Kopf umkreist Dich ständig und ich bete darum, dass aus Heil kein „Unheil" entsteht.

Meine Lust fliegt zurück auf den verschmusten Dienstag-Abend in Deinen zarten Armen und es fehlt mir der Rat, wie ich die bevorstehende „Durst-strecke" nur stillen kann.

Schreiben ist gut und wertvoll, doch lange kein Ersatz für intime Zweisamkeit an Deiner bebenden Brust!

Im Hintergrund werde ich am 1. Advent von einer Pavarotti-CD mit Weihnachtsliedern berieselt und auch mein Dramen-Favorit Richard Wagner hat im Finale der Oper „Tristan und Isolde" Verse gefunden, die unsere Sehnsucht treffen und berühren.

„Fühlt und seht ihr`s nicht?
Hör ich nur diese Weise – die so wundervoll und
leise – Wonne klagend – alles sagend -
mild versöhnend – aus ihm tönend -
in mich dringet – aus sich schwinget -
bald erhallend – um mich klinget?
Heller schallend – um mich wallend -
sind es (Madeira-) Wellen – sanfter Lüfte?
Sind es Wogen wonniger Düfte?
Wie sie schwellen – mich umrauschen –
soll ich atmen – soll ich lauschen?
Soll ich schlürfen – untertauchen?
Süß in Düften mich verbrauchen?
In dem wogenden Schwall –
in dem tönenden Schall –
in der Welt – Atems wehenden All –
ertrinken – versinken – unbewusst – höchste Lust"!

Sind diese hochromantischen Texte nicht „reinster Bienenhonig" für Deine poetische Seele? Ich bin sicher, Du wirst mit diesem glühenden Inhalt in die Tiefe gehen, der doch unsere neue Situation so wunderbar verinnerlicht.

Verzeih, liebe Isabell, wenn ich damit Dein leidendes Herz noch schwerer belaste, aber wie sagte einst ein großer Feldherr: „Hier stehe ich – ich kann nicht anders – Gott helfe mir"!

Tiamo e mille baci

    Andreas.

04.12.2013

Gedanken an Dich.

Mein Herzblättchen!

hab Dank für Deinen 1. Brief der heute zu meiner großen Freude eintraf. Ich habe Deine Zeilen schon dreimal gelesen, so neugierig war ich auf den Inhalt.

Ich schieße daraus Du bist die „First Lady" im Hotel und hast vielerlei Kontakte nach allen Seiten, was mich bei Deinem Charme überhaupt nicht verwundert. Blond, blaue Augen, verführerische Lippen, elegante Sommer-Garderobe und alle Männer dreh-en sich um, für einen Augenblick – oder fünf!?

Es freut mich natürlich, dass es Dir gut gefällt, nur auf die ersehnten „Kuschelstunden" an meiner Schulter musst Du Deine wunderbaren Gefühle noch ein paar lange Wochen verstecken.

Es ist eine für uns beide verflixte Zeit mit dem Unterschied, dass Du das herrliche Sommerleben genießen kannst und ich bei frostigen Temperaturen, wie seit Jahren, alleine mir die Zeit vertreibe – eine „Sch…situation"!

Ein paar heute Abend gehörte Operetten-Texte will ich Dir zum „kleinen Trost" schnell zuflüstern:

„Du – sollst die Kaiserin meiner Seele sein; Du – trägst die Krone ganz allein" von Franz Lehar oder „noch schlimmer" Märchentraum der Liebe, komm doch zurück – Du bist mein Glück – komm doch zurück".

Ich weiß mit dieser Romantik Dein glühendes Herz auch über 4000 Kilometer beben zu hören, doch kann ich nur bitten, Dein Feuer auf „Sparflamme" zu halten, bis uns die „Erlösung" wieder vereint.

Mit Deinen Büchlein „Laufe dem Glück entgegen" bin ich durch und habe dazu noch einige Fragen bis zu Deiner Rückkehr.

Lass mich jetzt schließen Liebste mit einer „abbraccio forte" – d.h. in Italiano – festen Umarmung – und Dir dort fröhliche Stunden wünschen.

Du bist bei mir jede Stunde…

in Liebe

Dein Andreas.

09.12.2013

Mein Schatz,

zuerst mein großes Dankeschön für Deine stets liebevollen Zeilen und Worte.

Ich weiß Du kannst Dir vorstellen, welche Gedanken mich bewegen und ich bin beglückt von Deinen überaus herzlichen Worten und Deinem Wohlfühlen auf der Sonneninsel, die Du zu etwas Farb-Korrektur Deines tollen Revuekörpers nutzen solltest – bitte.

Jetzt in den winterlichen kurzen Tagen bleibt mir viel Zeit auch Dir meine Gefühle und Wünsche zu schicken und weiß dabei um Deine Liebeslust in meinen Armen „zu explodieren"! Oder?

Deine lieben Worte und Mails sind mir ein wert-voller Trost, der darin beruht, nur noch 10 Wochen alleine, bis zu Deiner ersehnten Rückkehr „darben zu müssen".

Nie hätte ich geglaubt, mit über 70 Jahren, in eine solch fatale Gefühls-Abhängigkeit für ein glühendes Weib zu schliddern, das ebenso mit wundervollen Zärtlichkeiten in weiter Ferne auf der „Bremse" stehen muss.

Gerade jetzt in der besinnlichen Adventszeit vermisse ich Deine Stimme, Deine Nähe und Wärme und wie gerne würde ich mit Dir mal über den herrlichen Weihnachtsmarkt am Frankfurter Römer flanieren. Aber vielleicht tue ich es alleine und Du bist an meiner Hand, wenn Du magst.

In den letzten Tagen habe ich auch alle meine traditionellen Weihnachts-Päckchen in einer Parfümerie besorgt und „etwas Feines" ist natürlich auch für Dich dabei und bis Februar in meinem Depot verwahrt. Deine Geschenktüte habe ich noch nicht angepackt, erst am Hl. Abend, als Überraschung, was da alles vergraben ist

Ich möchte Dir immer nur schreiben, mit Dir über meine Sehnsüchte philosophieren, muss aber meinen Liebeshunger noch 10 Wochen „mühsam bändigen"!

Lass mich mein liebes Mädchen wieder mal mit einer von mir vertexteten großartigen Lohengrin – Arie von Wagner schließen: In fernem Land – unnahbar meinen Schritten – steht eine Burg die Montsalvat (Isabell) genannt – eine Lichtgestalt steht dort inmitten – als auf Erden nichts gekannt!

In großer Verehrung sage ich Tschüss und

boa noite bis bald

Dein Andreas.

09.12.2013

Madeira – Grüße

Mein Geliebter in der Ferne,

es ist so schön hier auf meiner herrlichen Terrasse zu sitzen, Deine liebevollen Briefe zu studieren und mich hineinzuversetzen in diese „Herz-Schmerz" zerreißenden Texte. Sei es von Richard Wagner, Nico Dostal, Franz Lehàr oder, oder…

Ich schließe die Augen, bin in Gedanken bei Dir und schmelze dahin. Wie Du richtig erkannt hast, lasse ich meine poetischen, sehnsuchtsvollen und sündigen Gedanken in meinem Kopf kreisen und wünsche mir: Kannst Du es erraten? – Bestimmt nicht, denn das ist auch nur etwas für „Fortgeschrittene".

Mein Lieber, nun hatte ich mir ja auf meinem extra teuren MP3 – Player, tolle Lieder aufspielen lassen und jetzt bin ich zu „blöde" um sie abzuhören. Für Laien – so wie ich – ein Kunststück!

Stattdessen bemühe ich mich, Dir mein Naturliebhaber etwas von der zauberhaften Hotelanlage zu vermitteln. Hier auf meiner Sonnenterrasse, genieße ich den Blick in den paradiesischen Garten. Ich nenne ihn gerne den Garten EDEN. Vielerlei Palmen und bunte Büsche zieren die herrlich, tolle Anlage.

Ein blühendes Blumenmeer begeistert ebenso meine Aussicht. Vor mir leuchtet silbrig der große Außen-Pool und in der Mitte erhebt sich eine kleine Palmen Insel. Gleich daneben, von außergewöhnlichen Steinen umgeben ein herrlicher Wasserfall. Und inmitten dieser Anlage eine gepflegte Pool-Bar für die Gäste. In der Ferne erblicke ich das unendlich weite Meer. Einfach gigantisch!!!

Gerade bekomme ich Besuch von einem Taubenpaar, vielleicht sind es die „Friedens-Tauben". Nun schweift mein Blick über den Ozean und meine Gedanken ziehen Kreise, bis sie bei Dir ankommen.

„Fühlst Du es, spürst Du es..."usw. Wagner`s Literatur und all die wunderschönen Texte habe ich natürlich nicht wie Du, abrufbereit in meinem Kopf.

Aber es ist eine Wellenlänge und Du mein Verführer hast es erkannt und gießt auch noch „Öl" in die Flammen. - Warte, wenn ich nach Hause komme!

Mein Herzensbrecher, ich hätte Dich so gerne bei mir, denn „verlorene Zeit" kann man nicht wieder zurückholen. - Aber, ich bin ja vernünftig!!

UND einen großen Dank für Deine lieben Worte, und dafür schenke ich Dir mein Herz.

In Liebe

Isabell.

15.12.2013

Meine verschmuste Schmusekatze!

Heute kam Dein Brief vom 09.12. und ich will gerne die Abendstunden nutzen, Dir ein paar Zeilen zu schicken, damit Du am Morgen etwas von Deinem Widder zum „Knuddeln" hast.

Aus all Deinen Worten spricht Deine pure Sehnsucht nach meiner Nähe. Leicht kann ich fühlen welch „sündige Gedanken in Deinem Kopf kreisen" und wie gerne würde ich Dich mit meinen noch wenig vertrauten Zärtlichkeiten verwöhnen!!!

Mein Gott wie sind das noch „entbehrungsvolle Wochen" die vor uns liegen und auch ich möchte Dich jeden Tag liebevoll „vernaschen" und alle Glut Deines wunderbaren Körpers mit reichlich Fantasie erleben dürfen.

Ich kann mich gut in Deinen „Paradiesgarten" hineindenken, der Deine Stimmung noch mehr aufheizt und täglich „Lustgefühle" weckt, die Du alleine nur schwer zu kontrollieren vermagst und mich an jeder Ecke, wie eine „Fata-Morgana", erblickst – oder?? Doch Jammern hilft nicht!!!

Bei unserem Edeka-Kontakt hattest Du schon Madeira gebucht ohne zu ahnen, welcher „Taifun" Dich nur 3 Wochen später mit aller Macht überrollt und welche Gefühlsmassen Du jetzt zu bändigen hast.

Lese ich das Büchlein „Laufe ich dem Glück entgegen", mit begabten poetische Versen, so schließe ich aus diesen zauberhaften Erlebnissen in 5 Jahrzehnten und wünsche mir, ebenfalls noch glückliche Jahre an Deiner Seite.

Lasse mich für heute schließen Liebste, mit dem Wunsch für weitere schöne Tage. Mit einem kleinen Auszug aus Wagner's Lohengrin-Oper – „*An meine Brust du süße Reine – sei meines Herzens Glühen nah – dass mich dein Auge sanft bescheine - in dem ich all mein Glück ersah.*" *- oder zur Auswahl auch für uns:*

„*Einsam in trüben Tagen, habe ich zu Gott gefleht – der Herzens tiefstes Klagen ergoss ich im Gebet*".

Noch eine kleine Überraschung für Dich. Diese Woche habe ich 2 lukrative Musik-Veranstaltungen gebucht, verrate aber mehr zu Hause in Deinem schönen Palais.

Meine Arme umschließen Dich....

Andreas.

16.12.2013

Mein lieber Schmusekater -

Wenn ich die „Katze" bin dann hat mich der „gestiefelte Kater" schon lange eingeholt und mich mit so schönen, schmeichelhaften E-Mails verwöhnt, dass ich auch jetzt noch den „schwarzen Peter" untergejubelt bekomme.

Du mein Herzstück hast die Karten gemischt, nun hast Du vielleicht mit der „Herzdame" auch noch den Trumpf in der Hand. Wo soll das noch enden?

Mein Liebster, immer wieder bin ich beglückt, Deine liebevollen Zeilen zu lesen und in einer ganz ruhigen Stunde frage ich mich: „Wo gibt es diesen Gleichklang und Romantik noch einmal und wer kann solch eine „Gefühlsexplosion" im 7ten Lebensjahrzehnt vorweisen?

Wir können doch BEIDE glücklich und zufrieden sein, denn die Sehnsucht spricht ebenfalls aus jeder DEINER Zeilen.

Ich werde meinen guten Freund in der „oberen Etage" bitten, dass uns diese Harmonie und das Glück der Geborgenheit noch sehr lange, bei guter Gesundheit erhalten bleibt. Denn diesen Wunsch kann ich oft aus Deinen Worten am Telefon entnehmen.

So, nun zurück zur Realität! Heute werde ich Dir einmal von meinem „sündigen Leben" hier auf der Insel berichten.

Morgens um 7.00 Uhr (Madeira Zeit) lausche ich, in der Hoffnung, dass es klingelt, natürlich das Telefon. Denn dann werde ich daran erinnert, dass es weit entfernt einen „Romeo" gibt der schmachtend und voller Sehnsucht in mein kuscheliges Bett schlüpfen möchte. Aber da wir ja erwachsen und vernünftig sind, begnügen wir uns mit Briefen, die zu Herzen gehen. -

Um ca. 9.00 Uhr begebe ich mich dann in den sonnendurchströmten Frühstücksraum und lasse mich mit vielen lukullischen Speisen verwöhnen. Danach fahre ich ins Städtchen oder spaziere den Küstenweg bei herrlichen Wetter entlang. Meist begleitet mich, in Gedanken, ein sehr vertrauter Herr, damit ich nicht alleine bin. Kennst Du ihn? ....

Wieder in meinem Zimmer, lese ich auf meiner herrlichen Terrasse, verschmuste, liebeshungrige Texte, bin hin und weg und ergebe mich meinem „Schicksal". Es ist sooo schön! Lasse mich von den wärmenden Sonnenstrahlen streicheln und denke: „Ohne Madeira gäbe es nicht diese Sehnsucht und diese liebevollen Briefe."

So, mein Liebster, gerade fällt mir noch ein netter Vers ein:
*„****Das höchste Glück*** *in unserem Leben, ist Liebe empfangen und Liebe geben. In der Jugend, im Alter in jedem Jahrzehnt, bleibt das Glück dir verborgen, wenn die LIEBE dir fehlt."*

Ich freue mich, dass es Dich gibt und umarme Dich mit meiner Liebe

Isabell.

17.12.2013

Cara signora mia,

da bin ich wieder mit meinen „lästigen Mails"! Seit Wochen benutzt Dein „Verführer" im Bett anstelle seiner Zeitung, wiederholend und viel lieber Deine warmen Briefe als Nachtlektüre. Darin schlummern so kostbar Deine verschmusten Gedanken, Sehnsüchte und Wünsche mit dem „Nachteil", dass ich 1-2 Stunden die Augen nicht schließen kann -so immer gegen 23 Uhr – weil Dein Liebes-hunger mich „so wild" macht und ich mich tief in Dich „hineinträume", alles was sein könnte in Deinen heißen Armen!

Ein schrecklicher Zustand der aber vorerst nicht zu ändern ist und wir beide uns damit „abfinden" müssen, was reichlich nüchtern klingt. Ich will fortan versuchen meinen „Bienenhonig" für Dich etwas einzuschränken – 1 Kaffee-Löffel täglich genügt – weil ich Deine Gefühle deutlich aus weiter Ferne spüre und Dein glühendes Herz unstillbar belaste – oder?

Freue Dich an Deinem „Garten Eden" als Ablenkung, an den netten Menschen, die Dich umgeben und den „Friedenstauben", die auf schnellen Flügeln mir alle Deine Sehnsüchte „frei Haus liefern".

Schaust Du aufs weite Meer hinaus, so findest Du schwimmend auf einer Woge Deinen vermissten „Herzensbrecher", der Dir lieb zuwinkt, Dich aber nicht fassen kann!

Lass mich für heute schließen Liebste, mit wieder mal etwas Wagner-Philosophie aus der Oper „Die Meistersinger", die so viel Inhalt für uns hat.

„Wahn! - Wahn! - Überall Wahn", wohin ich forschend blick – in Stadt-und-Welt-Chronik – den Grund mir aufzufinden – warum

gar bis aufs Blut – die Leut` sich quälen und schinden – in unnütz toller Wut!

Hat keiner Lohn noch Dank davon – in Flucht geschlagen – wähnt er zu jagen – hört nicht sein eigenes Schmerzgekreisch – wenn er sich wühlt ins eigne Fleisch"!!!

Meine Liebste ich brauche Dich

Andreas.

18.12.2013

Ein lieber Weihnachtsgruß

Mein Liebster,

ich hoffe, dass Dich diese Zeilen zum Weihnachtsfest erreichen und ich wünsche mir, dass sie Dich ebenso beglücken und erfreuen, wie Du es immer wieder verstehst mir mit soo vielen liebevollen Worten zu schmeicheln.

Lieber Andreas, das Schönste an diesen, in Liebe verpackten Briefen ist, man kann sie immer wieder lesen und sie erreichen auf meinem „Stimmungsbarometer" immer sehr hohe Temperaturen.

Ich habe das „Christkind" gebeten, dass es rechtzeitig zum 24.12. den Weg zu Dir findet, denn dieses kleine Weihnachtsgeschenk ist ein großes DANKE für die liebevollen Briefe und Mails, die mich so oft erreichen und in denen Du es fertigbringst, ein Vulkanausbruch an Gefühlen in mir zu entfachen.

Du als hochbegabter Widder hast schnell erkannt, dass in Isabell ein Berg an romantischen und hochsensiblen Gefühlen schlummert. Jedoch dies zu aktivieren bedarf es schon sehr, sehr viel. Ja, viel von Deinen einfühlsamen Gedanken, die Du so poetisch mit den wunderbarsten Texten von Richard Wagner, Franz Lehar und Andere, in mein Herz schmuggelst.

Ich wünsche mir mein Schatz, dass das „Christkind" am hl. Abend Dir ebenfalls ein paar schöne Stunden bereiten kann und wir gemeinsam – wenn auch räumlich getrennt – Gefühle der Verbundenheit empfinden.

Wie vieles im Leben, ist nicht alles optimal und 100% gibt es selten im Leben. Deshalb eine kleine Empfehlung von Carpe Diem **„Gehe der Sonne entgegen und lasse die Schatten hinter dir."**

So mein Schatz, heute an Weihnachten schenke ich Dir ein HERZ voller Liebe und wünsche für UNS – Glück, Geborgenheit und die Zuversicht, dass diese liebevolle Zeit, NIE zu Ende gehen möge.

Ich umarme Dich und wünsche Dir von Herzen glückliche Weihnachtstage

Deine Isabell.

20.12.2013

Mein „Grünes Madeira-Blättchen",

danke für Deinen netten Abendgruß. Leider, heute wieder keine Post von Dir – erschreckend!

Über meine Sehnsüchte will ich aber nicht schon wieder jammern, die kannst Du ja sicher erahnen und die Winterabende alleine zuhause sind teuflisch lange ohne Dein „Touch me"! Du verstehst mich doch Liebste – oder?

Überraschung: Heute lag in meinem Briefkasten ein sehr fein mit Weihnachtspapier verpacktes Päckchen. Zuerst dachte ich: "Da will sich ein neues Weib bei mir einschleichen". Aber nach dem Öffnen des Kuverts las ich Dich „als Auftraggeber". Den Inhalt werde ich neugierig erst am hl. Abend öffnen, vermute aber darin eine CD von Dir. Wie hast Du dies mit Deinem Ideen-Reichtum nur gemacht und ist die Dame eine „ferngesteuerte Freundin" von Dir?

Ihre Adresse war lesbar und ich habe als Dankeschön eine kleine Weihnachtskarte an sie eingeworfen.

Nun sagt Dein **Andreas** *ganz zärtlich –*

Gute Nacht und bis bald.

23.12.2013

Mein geliebter Herzensbrecher!

Möchte den Brief beginnen mit einem Lieder-Text: „Du bist mein erster Gedanke, wenn ich am Morgen erwach`, du bist mein letzter Gedanke am späten Abend und in der Nacht…"

Ja, mein Schatz, so kann sich plötzlich soo vieles ändern. Nun lese ich morgens Deine sehnsüchtigen Briefe, die mich natürlich in der tiefsten Stelle meines Herzens berühren. Doch darf ich Dir nicht alle meine sentimentalen Gedanken offenbaren, weil ich fühle, Du leidest ebenso unter dem Trennungsschmerz wie ich.

Nie hätte ich gedacht, als ich im August meinen Langzeiturlaub auf meiner Lieblingsinsel buchte, dass ich jetzt hier sitze und mich Gefühle überrumpeln, die ich in diesem Ausmaß noch nicht kannte. Du Herzensverbrecher, was hast Du nur aus mir gemacht?

Jedoch einen kleinen Trost gibt es, es sind NUR noch 7 Wochen bis wir uns wiedersehen und in die Arme nehmen können. Briefe schreiben ist bestimmt etwas Wunderschönes, aber total altmodisch und wehe, wenn sie rationiert werden.

Mein Lieber, nun habe ich versucht eine Redeweise zu finden, um all das auszudrücken, was ich zurzeit empfinde:

"Glücklich in Liebe verzehrende Traurigkeit".

Gerade hat mir mein Freund von der „oberen Etage", zugeflüstert: „Er hat uns die LIEBE geschenkt, jedoch, dass wir nicht so übermütig werden, hat er einen kleinen Tropfen WEHMUT beigemischt". Und dieses Rezept wird fast immer so bleiben. LEIDER! (Nicht so extrem wie bei Wagner`s Meistersinger.)

So mein Schatz, genug gejammert.! Denn, wenn ich ehrlich bin, bin ich hier glücklich. Ja, wirklich und ich freue mich, dass wir uns nach so langer Zeit gefunden haben und, dass unsere gedankliche Verbindung auf solch einer wunderbaren und harmonische Ebene beruht. Dies ist bestimmt keine Selbstverständlichkeit und über solch ein Glück, im betagten Alter können sich mit Sicherheit nicht viele Menschen freuen.

Morgen ist hl. Abend, mein größtes „Geschenk" bist Du – UND – „Ich bin stark, weil Du mich liebst", gesungen von Johannes Kalpers.

Nun mein Verführer, da der Brief, mit Sicherheit erst an Silvester ankommt, wünsche ich Dir von Herzen für das Jahr 2014 – beste und stabile Gesundheit, viele harmonische Stunden in glücklich, zufriedener Zweisamkeit.

Noch einige, schöne gemeinsame Reisen, zu den bekannten Konzerthallen mit tollen Interpreten für Opern, Operetten und Melodien, die zu Herzen gehen.

Ich umarme Dich und wünsche Dir einen guten Rutsch ins NEUE JAHR.

Deine Isabell.

24.12.2013

Meine verehrte Jungfrau -

Es ist Heilig Abend und alle meine Gedanken fliegen zu Dir in Dein sonniges Madeira und in Deine Arme. Was hat sich die „göttliche Fügung" nur dabei gedacht, eine glühende Verbindung an diesem sicher gefühlsbetonten Tag so weit zu entfernen? Vermutlich nix und wieder nix!

Wie herrlich könnten wir in diesen Stunden den Weihnachts-Abend zusammen gestalten. Du mit einem delikaten Menü glänzen und ich als geübter Tisch-Kellner den passenden Wein servieren. Doch für diesmal sind das nur Träume.

Im Hintergrund lasse ich mich von „canzone di Natale" von Placido Domingo, Luciano Pavarotti und Natalie Cole berieseln und meine Gefühle strömen an Deinen Busen - fühlst Du es?

Dein feines Hotel samt umgebender Natur werden Dir sicher dazu verhelfen einen unterhaltsamen Abend zu genießen und ich freue mich darum für Dich. Aber kann Dein heißes Herz wirklich die Sehnsucht ertragen, dass Dein Geliebter alleine zuhause seinen frühen Schlaf ersehnt um den gefühlsbetonten Abend zu beenden?

Werde Dich am 1. Feiertag wieder anrufen und freue mich wie immer Deine Stimme zu hören. Aber um unser neues Glück zu genießen, muss ich leider noch 7 Wochen „ausharren"! Fatal!!!

Meine Geliebte, lasse mich für heute schließen mit einem „italiano-Gruß" „un abbraccio forte" – d.h. eine große Umarmung!

Viele liebe und herzliche Grüße und bringe Deine Madeira-Sonne zurück zu mir!

I, k, D, o, E eine Rätselfrage für Dich von

Deinem Andreas.

27.12.2013

Hallo mein Herzblättchen!

Zuerst vielen Dank für Deine Weihnachts-Zeilen, die wieder gefüllt sind mit Deiner Sehnsucht.

Ich weiß Du wartest voller Neugier auf ein paar Worte von Deinem „Verzehrer", aber es sollen meine letzten sein für dieses Jahr.

Dein Hl. Abend Brief kam gestern an und wie immer habe ich mit Hunger darauf gewartet. Du bist sehr wortreich, auch melancholisch, hast aber festen Boden unter den „Haxen" zum Überstehen unserer Durststrecke.

Natürlich leide ich mit Dir unter dem fatalen „Trennungsschmerz" und zähle wie auch Du, die Tage und Wochen bis zur ersten, heißen Liebes-Umarmung mit allen Zärtlichkeiten die ich Dir schenken kann. Doch Vorsicht!! Es droht „Explosionsgefahr"!!

Verzeih` Liebste, aber ich möchte Dich nicht „zu wild machen" denn auch meine Senioren-Kräfte lassen nach, für Deinen „befürchteten Vulkan".

Ich bin sehr zuversichtlich mit Dir, unsere „Junge Liebe" zu verschönern und die neue Lebensfreude mit Dir zu teilen.

Mal wieder ein Löffel „Bienenhonig" als Trost für Dein Alleinsein, das ich aber ebenso durchstehen muss. Du bist ständig in meinen Gedanken und manchmal auch in wirren Träumen, denn die Liebe ist eine „teuflische Himmelsmacht", wenn ich darauf verzichten muss und Dich nicht greifen kann.

Am 1. Weihnachtsfeiertag war ich zur Messe in der Christuskirche und meine Gefühle ergossen sich wieder einmal in Wagners Oper

„Lohengrin" – „Einsam in trüben Tagen – hab` ich zu Gott gefleht – des Herzens tiefstes Klagen – ergoss ich im Gebet". Ist dies keine passende Arie der „Elsa" für uns?

Der Pastor fand in seiner Predigt kein Wort für meine wunde Seele. Deine CD von Johannes Kalpers ist für meinen ernsten Klassik-Geschmack etwas schnulzig, aber sehr unterhaltsam und dahin möchte ich Dich entführen, wenn Du magst.

Heute war ich bei meiner Schwester zum 75. Geburtstag eingeladen und habe das „Steinbockmädchen" mit einem wunderbaren Anturienstrauß überrascht.

In drei Tagen ist Silvester und an diesem Abend bin ich wie so oft alleine zuhause, hätte aber viel lieber mit einem Gläschen „Schampus" auf unsere Harmonie im neuen Jahr frohlockt!

Meine Liebe, genieße Dein Madeira – Paradies nach außen und lasse Dir nicht in Dein blutendes Herz schauen.

Einen guten Rutsch ins Jahr 2014, in Deinem schönen Verwöhn-Hotel auf der Blumeninsel.

Ich vermisse Dich in meiner Nähe und schicke Dir liebevolle Grüße „e mile baci"

Dein Andreas.

28.12.2013

Hallo mein Schatz!

Nochmal vielen herzlichen Dank für Deinen lieben Anruf zum Weihnachtsfest und Deinen ausführlichen Brief, der mir natürlich viel Freude bereitete.

Am PC muss ich mich immer kurzfassen, denn es sind sehr oft Hotelgäste im Umfeld, deshalb heute ein informativer Brief für Dich.

Sicher bist Du ein wenig neugierig was es neues gibt. Die Schweden, meine Freunde, sind wieder abgereist. Das korrigierte neue Büchlein habe ich an meinen Sohn geschickt. Er darf jetzt alles Weitere veranlassen. Brigitte, einst Lehrerin am Gymnasium, half mir beim Durchlesen und fand es sehr gut. Sie hat auch schon 2 Stück bestellt.!!!

Leider bleiben die netten Leute die man im Hotel kennenlernt nur 2 – 3 Wochen, dann sind sie wieder weg. So auch ein sehr nettes Ehepaar aus Rüsselsheim. Möglicherweise treffen wir uns einmal mit Ihnen.

Ansonsten gibt es viel Abwechslung mit Musikveranstaltungen. (Prospekte lege ich bei.) Es wäre natürlich schön, wenn Du mich begleiten könntest.

Doch leider ist die Entfernung zu groß, aber vielleicht können wir das im nächsten Jahr nachholen.!!

Mein Liebster, habe Deinen liebenswerten Weihnachtsbrief schon ein paar Mal gelesen und wenn die glühende Verbindung anhält, mit dieser wunderbaren Untermalung, können wir uns wirklich auf eine harmonische Zweisamkeit in tiefer Verbundenheit freuen. Mal sehen was mein „Freund in der oberen Etage", sich noch alles für uns ausgedacht hat. Höre gerade eine wunderbare CD mit diesen klassischen Melodien. - Aida – Carmen – Turandot – Martha - u. a. m.

So mein Schatz, ich versuche natürlich hier die Schönheiten der Insel zu genießen und würde mich freuen, wenn Du ebenfalls das grandiose Feuerwerk und die herrlichen Melodien, die ein Italienisches Ehepaar, hier fast täglich zur Freude der Gäste präsentiert, hören könntest. Es ist einfach herrlich!!

Lieber Andreas, da Dich so viele traurige Gedanken quälen, würde ich Dir gerne eine Portion Lebenserfahrung vermitteln. Denn, geteiltes Leid ist halbes Leid. Und, nun zum Schluss ein paar Worte zum Nachdenken:

„Quäle Dich nicht mit Dingen, die Du nicht ändern kannst und was nicht in Deinen Möglichkeiten steht"

Ich umarme Dich mit meinen Gedanken und sende Dir für heute einen liebevollen Kuss.

Dein Herzblättchen Isabell.

01.01. 2014

Mein Herzensbrecher!

Lieben, herzlichen Dank für Deinen Anruf zum Neuen Jahr, heute früh. Habe mich wie immer sehr gefreut.

Nachdem ich gefrühstückt hatte, habe ich – mit Dir an meiner Seite – das wunderbare, Weltklasse Neu-Jahr-Konzert im Fernsehen, angehört. - Jeder Kommentar wäre überflüssig. - Es war einfach TOLL.!!

Da mir das herrliche Silvester-Feuerwerk meine Nachtruhe verkürzte und das Wetter heute sehr unfreundlich ist, habe ich beschlossen den Nachmittag in meinem Zimmer zu verbringen. Nehme meinen Kuli zur Hand, lasse mich von der schönen Musik berieseln, denke an Dich und schreibe Dir ein paar Zeilen.

Mein Herzstück, zuerst darf ich mich noch für den liebevollen Brief vom 29. 12. bedanken. Ich war wie schon erwähnt, sehr gerührt. Du „Schlawiner", triffst immer meine wunde Stelle in meinem Herzen und meiner Seele. Wenn ich wieder zu Hause bin, wünsche ich mir gemeinsam mit Dir ein Besuch in der Kirche. - Nur wir Beide – Du und ich. Recht?

Hier in der Stadt sind die Kirchen und der Dom seit diesem Jahr, für die Bevölkerung nur zu bestimmten Zeiten zugänglich, dies ist natürlich sehr schade – es ist wegen Diebstahl. - Jedoch hat meine „obere Adresse" immer ein Türchen für mich geöffnet.

Nun mein Romeo, in punkto Geschenke, kenne ich leider noch nicht Deine Wünsche. Werde mir aber Mühe geben, sie in Zukunft zu ergründen und vielleicht treffe ich dann auch einmal den „Nagel auf den Kopf." Denn in Sachen Musik müssen wir Beide uns vielleicht ein wenig anpassen, bzw. ich muss noch viel dazulernen. Wie Du siehst sind noch viele „Trainerstunden" von Nöten.

Mein Liebster, wenn hier auch rundherum vieles optimal gestaltet ist, herrliche Urlaubstage zu genießen, so wünscht man sich doch die Nähe und vertraute Umarmung eines Menschen, den man liebevoll in sein Herz geschlossen hat. Ich weiß es geht Dir ebenso und wenn ich zurückblicke haben wir schon die Hälfte der „Durststrecke" hinter uns. Ich freue mich ebenso wie Du auf unser Wiedersehen am 14. 02. 2014.

Jetzt gehe ich noch 1 Stunde zur „happy hour" mit live Musik, dann freue ich mich auf mein Bett und in Gedanken an Dich mein Schatz werde ich friedlich einschlafen und vielleicht auch von Dir träumen.

Schicke Dir einen innigen Kuss und verbleibe in Liebe

Dein Herzblättchen.

03.01.2014

Meine geliebte Coniphere,

für den Botaniker eine immergrüne Pflanze – wie schön, dass Du mich so oft mit Deinen informativen Zeilen versorgst – hab` Dank dafür!

Heute kam Dein Brief vom 28.12. mit Deinem detaillierten Tagesablauf und in meiner vorstellbaren Fantasie sind das schon 6 Wochen, ohne diesen „fürchterlichen Widder".

Ich freue mich natürlich über Deine beflügelten Aktivitäten unter südlicher Sonne, wie auch besonders für die beigefügten Programm-Beilagen, der wunderbaren Konzerte und der Komponisten-Feder von Verdi, Puccini, Donizetti, Mascagni. Die für Ihre Nachwelt und gefühlsbetonten Erdenbürger solche kostbaren Werke geschaffen haben.

So kurz wie ich Dich bisher kenne, hat auch dieses Konzert Dein Herz verzaubert und in fantasievollen Gefühlen entführt – zu wem wohl?? Im Stillen hast Du mich doch dabei an Deiner Hand geführt – oder?

Schöne Musik-Erlebnisse wo und wann auch immer steht im neuen Jahr auf unserm gemeinsamen Reiseplan, doch mehr dazu will ich Dir heute nicht verraten.

Deine „glühende Verbindung" braucht aber in meiner „trostlosen Trockenheit" mit der Zeit etwas Öl zum Feuern und liebevolle Briefe sind eben nur ein „Kuschel-Ersatz'" bis zum Wiedersehen in Deinen sehnsuchtsvollen „Jungfrau-Fängen".

An Silvester war ich um 8 Uhr in der Kirche und habe zweierlei zu Gott gefleht.

Danach hatte ich für mich ein 3-Gang-Silvester- Menü zubereitet. Doch wie viel schöner wäre es mit Dir den Silvester-Abend zu verbringen, delikat zu speisen und das alte Jahr ausklingen zu lassen.

Sehr neugierig bin ich darauf, wie uns das neue Jahr glücklich macht, denn wir beide sind zu Kompromissen gefordert.

Meine Liebste, alle meine Gefühle und Sehnsüchte strömen zu Dir.

*In Liebe Dein **Andreas.***

05.01.2014

Mein Geliebter!

Heute ist Sonntag, noch habe ich Zeit, Dir all meine Aufmerksamkeit zu schenken, denn wenn meine Freundin kommt, wird sie mich etwas in Anspruch nehmen. Sie war noch nie hier auf dieser schönen Insel.

Ich sitze hier, wie üblich auf meiner Sonnenterrasse, der kühle Wind bläst mir um die Ohren und auf mein Buch kann ich mich nicht so richtig konzentrieren, denn ich muss immerzu an Dich mein Amigo denken. Auch wenn ich mich gerne von der Sonne küssen lasse, Du stehst einfach dazwischen.

Ansonsten hatte ich heute schon zwei wunderbare Überraschungen. Ich erhielt ein unverhoffter Brief von lieben Freunden aus Rüsselsheim. Nur ein Satz daraus: „Süße Du bist wunderbar, so wie in Deinem Buch, wir umarmen Dich ganz fest". Habe mich natürlich darüber sehr gefreut. Dann hatte ich noch einen sehr netten Anruf von einer lieben Bekannten.- War ebenfalls toll!

Lieber Andreas, bin immer sehr dankbar, für so viele liebevolle Zuwendungen und schicke auch immer ein DANKE an meine „obere Adresse".

Mein Liebster, da Du ja inzwischen mein Herz erobert hast, schicke ich Dir auch gerne meine Gedanken

Dies wird jedoch nur sehr wenigen Menschen zuteil. Aber Du bist – bis jetzt – etwas Besonderes für mich und ich freue mich, dass es Dich gibt.

Heute spielt in der Bar das liebenswerte italienische Ehepaar „DUO LUNA", sie mögen mich auch und sagen immer: „Wir sind Deine Freunde und umarmen mich". Ich denke dies alles ist nicht selbstverständlich und macht mich einfach glücklich.

Nun werde ich meiner Terrasse „adios" sagen, denke noch lange an Dich und mit einer lieben und sehnsuchtsvollen Umarmung sage ich tschüs bis zum nächsten Mal.

Herzlichst Deine Isabell.

07.01.2014

Mein Liebster,

ich hoffe sehr, dass es Dir gut geht nach diesem Feiertagsstress.

Ja, so ist das mein Bester, kaum hat man sich eine „Coniphere" ins Haus geholt, versorgt sie nicht täglich mit Zuwendungen und Anrufen, schon lässt sie die „Flügel" hängen und ist traurig. Vergleichbar mit einer Mimose. Sie kann viel Freude schenken, ist aber auch sehr empfindlich. Man muss also behutsam mit ihr umgehen.!

Lieber Andreas, habe Dir schon am Sonntag einen Brief geschrieben, denn ich hatte mich über so viele nette Neujahrswünsche gefreut und wollte Dich gerne an meinem Glück teilhaben lassen.

Mein genialer Briefeschreiber und Charmeur, ich liebe Deine zärtlichen Worte und auch DICH.

Jedoch vermisse ich oft Deine Stimme am Morgen, wenn ich aus meinen Träumen erwache. Freue mich so sehr, wenn Du anrufst.

Mein Lieber, ich bin ein bisschen „meschugge", frage mich, was ist mit mir und meinem Gefühls-barometer passiert? Aber, so eine sensible Jungfrau ist schon etwas „Verrücktes".!

Vor vielen Jahren sagte man mir: „Ich sei ein Hoch-Tief-Mensch", könnte stimmen.!

So, nun wird sich das aber bald ändern, denn am Donnerstag kommt meine Freundin und dann werden wir ein wenig das Städtchen unsicher machen, an der Marina spazieren gehen und die Berge erwandern. Es gibt hier sehr viel zu erkunden und alle Menschen sind so freundlich und überall hört man schöne Musik.

Mein Lieber, wenn Du diese Zeilen erhältst, ist schon wieder eine Woche vergangen und unser Wiedersehen rückt in greifbare Nähe. Bis dahin hoffe ich natürlich, dass es Dir gut geht und lasse Dir die Zeit nicht so lange werden, denn ich denke ja immer an Dich.

Nun sende ich Dir für heute alle meine Gedanken und Gefühle, die der „böse Widder" immer wieder durcheinanderwirbelt.

In Liebe Deine **Coniphere.**

09.01.2014

Mio amore Andreas,

"In der Liebe hat man nicht die freie Wahl, …sie wird vom Schicksal bestimmt".

Italienisches Sprichwort.

Ja, mein Lieber, nachdem Du mir heute die Nachtruhe geraubt hast und ich durch Dein Schweigen schon Alpträume hatte, bin ich jetzt wieder versöhnt und Danke Dir für Deinen lieben Anruf!

Das Wetter ist regnerisch und meine Gedanken sind bei Dir. Ich kann es nachfühlen, dass es bei Dir in „Old Germany", nicht nur „Sonnentage" gibt und auch Du manchmal ein paar Sorgen hast.

Verzeih bitte mein Lieber, aber da ich ja soo ein emotionaler Typ bin, steigere ich mich gleich in Situationen, die etwas aus dem Ruder laufen. Dachte schon es sei etwas passiert, da Du Dich nicht gemeldet hast. Nun ist alles wieder im Lot…!

Natürlich habe ich hier auf der Insel keinen Kummer und unendlich viel Zeit zum Sinnen, Wünschen und Hoffen und kann mich gedanklich mit einem Herrn beschäftigen, der mir mit seinen liebevollen, sehnsüchtigen Zeilen und liebevollen Briefen total den Kopf verdreht.

Verstehe Liebster, es ist für mich beinahe wie eine „Liebes-Romanze im Alter". Vielleicht benötige ich bald eine „Gehirnwäsche", da Du mich immer wieder beflügelst, die jedoch weit von der Realität entfernt ist.

Mein „Amigo", wenn ich aus dem Ferienparadies zurückkomme, sollten wir die „Trainerstunden" um ein kleines „Lernprogramm" erweitern. Dazu wünsche ich mir, dass wir die „Hauptfächer" der Liebe und des Lebens mit „summa cum laude" absolvieren.

Ob unsere Zeit dazu reicht? Ja, ich bin verrückt, aber das sind meine Gedanken. Kannst Du sie verstehen?

Höre gerade eine sehr schöne Klassik - CD im Hintergrund und freue mich, wenn wir Beide die herrlichen Wagner-Opern gemeinsam genießen können und Du mir mit Deinem umfangreichen Wissen die Texte so meisterhaft erklären wirst.

Mein Geliebter in der Ferne, nun sage ich für heute tschüss, bis zum nächsten Mal. UND Deine sensible Jungfrau wird Dich jetzt ein wenig mit ihren lästigen und nervigen Zeilen verschonen. Jedoch steht uns das Telefon täglich zur Verfügung.

Wünsche mir Deine Nähe und sende Dir liebe Küsse

Deine Coniphere.

11.01.2014

Mein lieber Andreas!

Hier ist sie schon wieder Deine Nervensäge mit ihrem lästigen „Geschreibsel". ---

Verzeih bitte mein Schatz, aber Du hast mich voll und ganz im Griff! --Am Tage und auch bei Nacht. –

Meine Freundin hat ja ein paar schöne CD's mitgebracht, u. a. von Richard Wagner, Classic Collection u.v.m. Habe mir gestern Abend noch die kleine Nachtmusik von Mozart, Liebestraum von Liszt, Barcarole usw. zu Gemüte geführt. Verschmolzen in liebevolle Gedanken mit Dir mein Liebster habe ich die wunderbare Musik angehört und bin friedlich eingeschlafen.

Ansonsten gibt es hier nichts Aufregendes zu berichten. Das Wetter ist bei 20 Grad wechselhaft, mal sonnig mal trübe, von jedem etwas. Jedoch konnten wir im Städtchen wunderbar bummeln, am Hafen die Schönheiten der Luxusliner bewundern und einen guten Cappuccino genießen.

Obwohl es hier sehr schön ist, freue ich mich auf zu Hause, besonders auf Dich mein Romeo.

Ich umarme Dich

    Isabell.

12.01.2014

Mein Herzblättchen,

heute kam Dein Brief vom 07.01. und ich finde darin ein paar bisher ungeschriebene Worte wie „Mimose" - „Flügel „meschugge, das ist hebräisch und bedeutet ausgeflippt und verrückt.! Und wenn ich das „Konzentrat" all Deiner bisher sehr verschmusten 12 Briefe in mich „hineinsauge", so erfasst mich Überlebensangst!

Du musst doch unter täglichem „Starkstrom" leiden, aber immer noch 4 Wochen darben bis Dein Erlöser Dir all seine Hingabe zeigen kann. Ich befürchte in Deinem „Palais" besteht Explosionsgefahr und ich wollte doch sehr gerne mit Dir noch ein Weilchen glücklich sein.

Auch für dieses Herzeleid ist in Wagners Oper Parsifal etwas zu finden: „Kennst Du den Fluch – der mich durch Schlaf und Wachen – Pein und Lachen – zum Leiden neu gestählt – endlos durch das Dasein quält – nun such ich ihn von Welt zu Welt ihm wieder zu begegnen – in höchster Not".

Verzeih mein Schätzchen, aber so wird es doch in Deiner wunden Seele schmerzen, aber bald werden wir unseren feurigen Liebesdurst löschen können!

--Versprochen. –

Natürlich freue ich mich, mein Herzblättchen über Deine sehnsuchtsvollen Beichten, aber meine Seele ist bedrückt und Du weißt auch warum ich mit meinen Gefühlen auf die Bremse treten muss.

Schön, dass Du mit Deiner Freundin, jetzt etwas Ansprache und Ablenkung hast und die Dir Deine „Liebesgrillen" etwas verscheuchen kann.

Im Lexikon habe ich unter Mimose gefunden: „Gattung der Hülsenfrüchtler, die Blätter der mimosa pudica sind stark reizempfindlich und daher Sinnbild für übertriebene Empfindlichkeit"!

Jetzt ist aber genug mit meiner „Schmierseife".

Ich wünsche Dir weiterhin sonnige Madeira-Stunden und schließe meine Zeilen, mit dem Dir inzwischen vertrauten Kürzel –

i. k. D. o. E.

Dein Andreas.

15.01.2014

Guten Morgen mein lieber Andreas,

habe soeben Deine netten Zeilen gelesen und musste herzhaft lachen. Verständlicherweise hatte ich natürlich kein Lexikon zur Hand und meine „Latein – Kenntnisse" sind natürlich nicht perfekt, sodass man nicht jedes Wort auf die „Goldwaage" legen muss.

Wenn ich nach Hause komme, werde ich Dir den Kopf waschen müssen, damit Du Deine Isabell nicht so ärgerst.

Im „Luisen-Palais" werden wir vorher alle Mitbewohner ausquartieren, falls das Haus explodiert, wenn mein „Starkstromgeladener" Liebhaber kommt.

Nun werde ich meine Briefe und mein Temperament etwas zügeln, damit Du die reizempfindliche und sensible „Mimose" unbeschadet in die Arme nehmen kannst. Und „Liebes-Grillen" sind ab sofort verpönt und werden in die untere Schublade verbannt.

„Einverstanden".

Ich küsse Dich, auch wenn Du Dich „endlos" durch das Dasein quälst

Deine verrückte Isabell.

18.01.2014

Hallo mein Herz-Blättchen,

oder aktuell besser „boa noite" so klingt das auf portugiesisch – so mein portugiesisches Wörterbuch.

Zuerst hoffe ich es geht Dir gut in Deinem Natur-Paradies und Deiner Freundin ebenfalls. Mit der mir unbekannten Lady, wirst Du sicher schöne gemeinsame Spaziergänge und Funchal-Bummels unternehmen. Ich freue mich für Dich!

Gerne will ich auch auf Deinen letzten Brief vom 08.01. eingehen und ich kann mir Deine „unruhige nächtliche Gedanken und Wunsch-Gefühle" nur erahnen!!! Wie gut, dass es für uns einen modernen Mail-Kontakt gibt und wir damit unsere „aufgeheizte Herzenslage" schnell vermitteln können.

Doch wie wenig ich Dich bisher kennen lernen durfte, war Deine glühende Sehnsucht bei 11 Wochen räumlicher Distanz nicht anders zu erwarten –!!!

Ich spürte Dein schmerzvolles „Bauchweh" bereits beim Frankfurter Transfer, aber diese verflixte Zeit, bis zu Deiner Rückkehr geht in nur noch 4 Wochen zu Ende und Du wirst mir alle Deine aufgestauten „Gefühls-Emotionen" zeigen.

Dann wird sich auch zeigen zu welcher „Liebes-Romanze im Alter", wir beide noch taugen und zu welcher Kraft-Toleranz wir noch fähig sind. Ich bin voller Vorfreude und sinnlicher Erwartung auf Dein „Comback to me".

Die Gefahr einer EKT-Behandlung schließe ich aber kategorisch aus und wenn Du Liebste meine Aufmerksamkeiten und Zärtlichkeiten liebevoll annimmst, so steht uns beiden ein abwechslungsreiches und interessantes Jahr bevor. Dazu habe ich schon einige musikalische Events in meinem dicken Widder Schädel ausgedacht und teilweise auch programmiert, doch möchte ich heute nicht mehr verraten. Es sollten ja Überraschungen sein und Du solltest Dich vorab darüber freuen.

Heute war hier bei 18 Grad ein frühlingshafter Tag und ich saß eine Stunde auf meiner kleinen Sonnenterrasse – ein paar Liebesbriefe von Dir lesend – umgeben von den ersten Sprossen meiner im Herbst gesetzten 50 Tulpen-Zwiebeln, plus jungen Rhododendron-Gewächsen und auch die ersten Gänseblümchen sind schon zu erblicken.

Kommt dennoch ein später und kalter Schneewinter wird mich Deine „Kuschelwärme ab 14.02. hoffentlich vor dem „Erfrieren" bewahren.

Ach mein Mädchen – ich glaube ich bin ein „Roma Realo" - d.h. ein romantischer Realist – ein Mensch, der Auge und Sinn hat für das ihn Umgebende, aber auch eine vernünftige Beurteilung was mit bald 75 Jahren bisher war und noch möglich ist!

So jetzt habe ich mein „Jungfrau - Sensibelchen" aber mit reichlich Munition befrachtet und Du hast für Deine Kurzweil ein paar Takte zum Lesen auf Deiner Hazienda.

Bis Montag um 8 Uhr am Telefon –

viele verliebte Grüße

Dein Andreas.

19.01.2014

Mein geliebter Inspirator in der Ferne.

Alle meine Vorsätze werden zunichte, wenn ich an Dich denke und ich komme nicht umhin, Dir immer wieder ein paar Zeilen zu schreiben, zumal Du Dich kürzlich beklagtest, sooo lange sei keine Post angekommen.

Mein Schatz, da ich durch die Zeitverschiebung – 1 Stunde – mich nicht so gut in das TV-Programm einklinken kann, bin ich ja hier nicht immer „up to date", jedenfalls was das Fernsehen betrifft.

Jedoch in diesen Tagen habe ich nach „Hart aber fair", eine hochinteressante Sendung über das größte Finanzimperium der Welt, „BLACK ROCK" gesehen. Es war sehr spannend und informativ. Der Boss ist ein Herr L. Fink und selten zu sprechen. Er besitzt Immobilien- und Geschäftsanteile auf der ganzen Welt. Gigantisch!

Wenn ich wieder in „Old Germany" bin, werden wir uns einmal darüber unterhalten. - Du siehst, manchmal bin ich noch mit 2 Beinen auf der Erde und nicht nur im 7ten Himmel.

Mein Liebster, wenn sich meine Freundin gut fühlt, unternehmen wir schöne Dinge z. B. den Botanischen Garten in seiner Blütenvielfalt zu bewundern, oder fahren zum Monte, eine kleine Kapelle oben am Berg, das Hotel Santa Maria in der Altstadt ist top, oder einfach nur an der Marina den Schiffen zuzusehen. Es gibt hier viel schöne Dinge und Langeweile kommt nicht auf.

Nun freue ich mich aber, dass die „Durststrecke" bis zu unserem Wiedersehen immer kürzer wird. Trotzdem ist mein Akku voll mit Gedanken die ein „Widder-Mann" umkreisen. -SCHLIMM-.

Heute noch ein paar gereimte Zeilen:

Mein Liebster!

> *In den Nächten trüben Stunden,*
> *hab ich nur an Dich gedacht.*
> *Habe Ruhe kaum gefunden,*
> *die ich erhoffte in der Nacht.*
>
> *Wünschte mir ein Ort der Liebe,*
> *ohne Fernweh, Leid und Pein.*
> *Dachte an Dich und unsere Sehnsucht*
> *und möchte bald zu Hause sein.*

Nun sage ich gute Nacht und wünsche Dir einen wunderschönen Traum

Deine Isabell.

20.01.2014

Hallo Liebes,

mein Lebenszeichen am späten Abend, per la Signora bella.

Bevor ich in den nächsten Stunden Dich umarmend, meine Augen schieße, möchte ich Dir gerne noch ein paar Takte auf Deine Sonneninsel schicken, damit Du glücklich und zufrieden sein kannst.

Zurück vom traditionellen Senioren-Skat möchte ich auf dieser Welle Deine Nähe spüren und Dir sagen wie sehr ich Deine Heimkehr in 3 Wochen erwarte. Unser trostloses Winterwetter – für Erkältungen bestens geeignet – trübt jede Tagesstimmung – so auch meine und in dieser „Notlage" suche ich natürlich Deine Wärme und Ansprache.!

Danke für Deine schwärmerischen Zeilen vom 05.01. und 12.01. Für unsere bevorstehende Zeit hoffe ich nur, dass ich sehr viele, vielleicht aber nicht alle Deine Wünsche erfüllen kann.

Für heute möchte ich mich mit diesem kleinen Briefchen verabschieden, küsse Dich in Gedanken und werde Dich in meine Träume einschließen.

Also bis morgen früh am Telefon liebe Grüße

Andreas.

24.01.2014

Guten Morgen, mein „Romeo Realo".

Ich bin immer ergriffen von Deinen wunderbaren zu Herzen gehenden Zeilen, die ich natürlich gerne beantworte, denn ich weiß, dass Du ebenso auf Post wartest wie ich.

Ja mein Schatz, so viele Briefe in so kurzer Zeit habe ich noch nie geschrieben, aber auch noch nie erhalten. Dafür ein großes DANKE.

Langsam kehrt jetzt wieder ein normaler Gemütszustand ein. Denn, jetzt kann man auch schon das „Licht" am Ende des Tunnels erkennen. Die lange Wartezeit rückt schon in greifbare Nähe und wir genießen jetzt einfach die Vorfreude auf unser baldiges Wiedersehen. OK?

Mein Lieber, manchmal kann ich auch wenig ernsthaft sein und nicht so übermütig wie in einem meiner letzten Briefe. Vielleicht war es nur der „Humor des Herzens", um in den langen Wochen ein wenig über den Dingen zu stehen. Du mein Schatz verstehst es ja meisterhaft Deine Gefühle in Wagners dramatische Zeilen zu verstecken. Natürlich versuche ich bewusst zwischen dem „Wehklagen" zu lesen – und kann es, so hoffe ich gut entziffern!

Entschuldige mein Liebster, ich glaube wir haben uns noch soo viel zu erzählen und dazu wünsche ich mir, in Deinen liebevollen Armen einen harmonischen Gedankenaustausch, um unsere seelenverwandten Gefühle auf die gleiche „Wellenlänge" einzustimmen.

In den langen Wochen habe ich meine Sehnsucht, die ich jedoch nicht so recht gelten lassen wollte, ebenfalls in den Briefen versteckt. Genau wie Du, freue ich mich täglich mehr und mehr, auf unser baldiges

Wiedersehen. „Wehklagen" wie bei Wagners Operntexte helfen nicht mehr. Die letzte „Etappe" werden wir noch mit Bravour meistern – wäre doch gelacht! -

Du wirst es erleben Dein Herzblättchen ist manchmal sehr zahm und Du mein Amigo wirst sie mit Deinen sensitiven Fühlern leicht beruhigen können.

Ganz klein und liebebedürftig kuschele ich mich in Deine sehnsuchtsvollen Arme und bin zufrieden, wenn Du mich streichelst.

Oft bin ich auch ein wenig traurig, weil mir die Gabe fehlt in die Zukunft zu blicken. Doch Gemeinsam werden wir stark sein und ich hoffe sehr, dass uns des „Lebens-Stürme" und die dicken Wolken, die immer wieder vorüberziehen, nicht umwerfen können. Denn ein realistischer Widder ist stark.! Ich freue mich sehr auf unsere „romantische Zeit", die wir sicher in unserem „jugendlichen Alter", als ein Geschenk betrachten dürfen.

Mein Schatz Deine liebevolle Zeilen in Deinen zu Herzen gehenden Briefen bestärken mich dabei, denn:

    ICH LIEBE DICH

    Dein Herzblättchen.

28.01.2014

Hallo mia bionda bella –

Danke für Deinen Brief, den ich genüsslich bei stahlblauem Himmel auf meiner kleinen Garten-Terrasse las. Umgeben von den ersten treibenden Forsythien und Tulpenspitzen bei dem bisher schneelosen Winter. Dazu die süße Schokolade – Beilagen. Auch dies ist eine Verführung die ich seit 3 – 4 Wochen nasche, manchmal aber an einem Abend eine ganze Tafel „fresse"!

Wie immer möchte ich auf Deine „südlichen Schwärmereien" reagieren und habe aus vielen Deiner Briefe eine ganze „Kollektion an Schlagzeilen" herausgefiltert, mit denen Du mich überschüttet und komplimentiert hast.

„Wehklagen" – „Licht am Ende des Tunnels" – „Normaler Gemütszustand" – „sensiblen Fühlern" – Lebens-Stürme" – „jugendliches Alter" – geliebter Inspirator" – „Herzens-(ver)-brecher" – „Amigo" – „Trennungsschmerz" – „ferngesteuerte Freundin" –.

Welches Feuer kommt danach 11 langen Wochen aus Madeira zurück und wie kann ich es nur löschen?

Dabei schaue ich manchmal auf Deinen Fotos Deine heißen und verführerischen Lippen an und bald darf ich sie erleben und es gibt Abende, an denen ich Dich vor Lust zerreißen möchte!!!

Hoffentlich erträgst Du in Deiner Vorfreude noch die beiden Restwochen im Paradies und bringst Deine gespeicherten Gefühle und „hohe Temperaturen" gut verpackt mit nach Hause.

Meine Arme und was ich sonst noch besitze, sollen Deinen Humor des Herzens beglücken. Bedenke aber mein Schätzchen, ab einem gewissen Alter ist man kein „Herkules" mehr und benötigt Kraft und Ruhe zum Auftanken.

Eine schöne Stunde war`s für Dich am PC zu sein, damit Du wieder etwas hast, das Dein Gemüt erwärmt.

Noch zwei sonnige Wochen wünscht Dir von ganzem Herzen

Dein Andreas.

29.01.2014

Mein lieber Andreas!

Nun ist unsere letzte Etappe hier auf der Frühlingsinsel angebrochen und wir können schon die Tage zählen bis wir uns liebend in die Arme nehmen.

Da ich ja ein wenig „Kurzweile" durch den Besuch meiner Freundin hatte und nächste Woche noch einmal ein befreundetes Ehepaar kommt, vergehen die Tage wie im Flug. Denn ich kenne die Insel recht gut und kann mit meinem Besuch viel unternehmen.

Auch die Musik kommt nicht zu kurz, denn im Hotel spielen jede Woche Musikstudenten eine Stunde herrliche Klassik, oft ein Ohrenschmaus.

Auf meiner schönen Sonnenterrasse mit dem blühenden Garten, vermisse ich natürlich, wie so oft, Deine Nähe. In „cold-Germany" fehlt uns bestimmt diese wunderbare – nach Liebe schreiende Luft - und die herrliche Aussicht auf das weite, unendliche Meer. Für Liebespaare einfach traumhaft schön.

Ob wir dies im nächsten Jahr gemeinsam genießen können?? Nur der Himmel weiß die Antwort.

So mein Herzallerliebster, nun wird das (vielleicht) mein letzter Brief vor meiner Heimreise sein. Diese verliebte Wartezeit mit so vielen romantischen und vor Sehnsucht schmachteten Zeilen nehmen ein Ende. --

Jetzt muss sich das bewähren, was wir uns in so langen Wochen sehnlichst wünschten. Ich bin sehr zuversichtlich und glaube mein „Widder Männchen" auch.

Beim Rückblick meiner Vergangenheit habe ich festgestellt, dass mich ca. 10 „Widder-Leute" freundschaftlich ein Leben lang begleiten. - Und - diese unsere Begegnung kann für uns Beide nur von Erfolg gekrönt sein. Der liebe Gott – Mein Freund - hat sicher den BESTEN für mich ausgesucht - so hoffe ich jedenfalls.

Also mein lieber Andreas, solche Gedanken schwirren in meinem Köpfchen herum und Schuld daran sind einfach die Frühlingsgefühle bei diesem tollen Wetter. Nun werde ich jedoch die „Sache" beenden, damit Du nicht so übermütig wirst.

Ich grüße Dich für heute sehr herzlich aus dem Urlaubsparadies

    Dein Herzblättchen.

<u>Für meinen Herzensbrecher.</u>

Eine Glücksbotschaft aus Madeira.

Das Glück kennt keine Grenzen,
Hat so oft an uns gedacht.
Der Liebe verlieh es Flügel,
An Sonnentagen und bei Nacht.

Mein Liebster – in weiter Ferne -
Mit seiner liebevollen Phantasie,
Hat mein sensibles Herz erobert,
der Wunsch – ein „Finale" wie nie.

    Dein Herzblättchen.

                                           29. Januar 2014

01.02.2014

Mein Liebster oder Herz-Eroberer!

„Wenn ich ein Vöglein wär' und auch zwei Flügel hätte,
flög` ich zu dir, weil's aber nicht kann sein,
bleib` ich halt hier"!

Langsam übermannt mich die Sehnsucht nach zu Hause. Zu Dir mein Amigo und in mein Luisen-Palais.

Mit meiner Freundin geht die Urlaubs-Zeit zu Ende. Und der Tod meines Bruders stimmt mich natürlich sehr traurig. Er war ein liebenswerter Mensch.

Mein Liebster habe mir vorgenommen, Dich mit all meiner Herzenswärme, die ich von meiner Sonnen-Insel mitbringen kann, zu verwöhnen. Das hast Du Dir doch in Deinem letzten Brief gewünscht – ODER?

Das Wochenende vom 14. bis 16.02. soll nur uns Zwei gehören – wenn Du willst – und wir werden uns von keinem Telefon stören lassen. Ich habe so viel aufgestaute Liebe im Gepäck – Liebe meines Herzens – und ich möchte Dir soo viel sagen. Hoffentlich bist Du dann nicht überfordert.

In all Deinen Briefen verstehst Du es ja professionell Dich mit lieben Worten in meine Seele einzuschleichen. Die lange Wartezeit hier auf der Insel hat mich etwas zum Nachdenken angeregt und ich habe ein paar gute und liebenswerte Eigenschaften an Dir entdeckt, die ich mit einem „Stern" auszeichnen möchte. Doch diese „Liste" werde ich Dir persönlich überreichen. Du darfst also gespannt sein!

Heute am Sonntag, wäre ich so gerne in die Kirche gegangen, hatte jedoch keine Begleitung. Nun sitze ich hier auf meiner Terrasse, den Tränen nahe und sinne darüber nach - „Was ist wichtig im Leben". – Ich hoffe ich habe es erkannt: Es ist die LIEBE!

Mein Liebster, ich bin heute ein wenig sentimental, eben eine kleine „Mimose", und hoffe, solch ein feinfühliger, intelligenter Widder wie Du es bist, kann damit umgehen. – Ich wünsche es mir!

Nun beende ich meinen Brief. Jetzt ist mir ein wenig leichter ums Herz. Der Tod meines Bruders hat mich heute etwas mitgenommen – verständlich.

Mein „Amigo" ich freue mich auf zu Hause und bin glücklich, wenn Du Dein „Sensibelchen" bald in die Arme nehmen kannst.

Für heute alle meine Liebe

Dein Herzblättchen.

05.02.2014

Mein liebes Herzblättchen in der Ferne!

Danke für Deinen Marathon Brief, den ich natürlich schon sehnsüchtig erwartete. Werde Dir heute noch einen Brief vor Deiner Abreise schicken.

Liebste Jungfrau, Du schreibst am 29.01. von Deiner letzten Etappe auf Deiner geliebten Insel, die in Deinem Herzen viele geschätzte Erinnerungen zurückruft – wie träumerisch schön und dankbar zugleich für Dich.

Bei den genannten Dich umgebenden „Widdern" muss ich beinahe befürchten, als elfter Widder Deine Vorstellungen nicht erfüllen zu können, werde aber versuchen eine glückliche und harmonische Zeit für uns beide zu gestalten. Packen wir`s an – ich habe den Mut dazu!

Von der südlichen Sonne und Natur aufgeladen erwartet mich in großer Vorfreude Deine empfindsame Gefühlswelt und ich bin selbst gespannt, wie ich dieser Sehnsucht beggenen kann.

Ob der liebe Gott in den späten Jahren den „Besten" für Dich ausgesucht hat wird sich aus unserem Verstehen ergeben und beweisen. Gesunde Kompromisse für meinen Egoismus mit vielfältigen Interessen und Marotten, wirst Du als kluge Frau sicher in Deinen zarten Griff bekommen.

Mit Deiner „Liebesbotschaft" mein Herzblättchen, hat sich Dein poetisches Talent mal wieder richtig ausgetobt und mit schmeichelnden Versen hast Du gewiss auch meine „Vorfahren" verwöhnt und betört.

Ein Weib – ein Weib – mit allen süßen Waffen für Mannsbilder begnadet.

In neugieriger Erwartung Deiner versprochenen Frühlingsgefühle und Fantasien verbleibe ich

mit sehnlichsten Grüßen

Dein Andreas.

13.02.2014

Mein geliebtes Herzblättchen!

Herzlich willkommen zu Hause, liebe Isabell!!

Ich weiß Du bist um diese Zeit im Flieger und meine Gedanken begleiten Dich bis zu Deinem Palazzo gegen Mitternacht.

Leider können wir uns nicht wie erhofft schon am Freitag nach langem Warten glücklich umarmen.

Musste unvorhergesehen und sehr dringend nach Süddeutschland zu einem wichtigen Termin. Bei miserablem Wetter bleibe ich evtl. auch bis Samstag, denn diese Gesamtstrecke ist für einen „betagten Senioren" ziemlich anstrengend.

Melde mich sofort nach meiner Rückkehr telefonisch. Freue mich sehr auf Dich und liebe Grüße bis dahin

Dein Andreas.

20.02.2014

Lieber Andreas – unruhiger Geist!

Da das Briefeschreiben so viel schöner ist wie ein Kurztelefonat, wollte ich mich wieder einmal in die „Herz-Schmerz-Szene" der lieben Worte einklinken.

Beim Abheften der wunderschönen Zeilen, die mich auf Madeira erreichten, habe ich einen kleinen Vers von Phil Bosmans wiederentdeckt.

> *„Nimm Dir Zeit, um glücklich zu sein.*
> *Die Zeit ist keine Schnellstraße zwischen*
> *Wiege und Grab, sondern ein Platz zum*
> *Parken in der Sonne."*

Diese Zeilen habe ich schon am 22.11.2013 geschrieben, hatte also schnell erkannt, welch „umtriebiger Geist" Du bist. Ich finde dieser kleine Vers, trifft den Nagel auf den Kopf, da Du mein lieber Amigo immer auf der „Schnellstraße" bist.

Ich frage mich, wie so ein „Allrounder" dieses Tempo aushält, kurze „Parkpausen" bei Isabell eingeschlossen. Und ich darf mich wiederholen:

NIMM DIR ZEIT ZUM GLÜCKLICHSEIN!

Auf meiner Lieblingsinsel habe ich mir gewünscht, mit Dir mein Lieber, in einer gemütlichen Ecke des kleinen Pavillons, Händchen haltend schöne Dinge zu erzählen oder nur Deine Nähe zu spüren.

Einfach nur ich bin bei Dir – wie schön--! Aber ist das bei Dir überhaupt möglich??

Nun sage ich Dir für heute gute Nacht und überlasse Dich Deinen Gedanken. ...noch ein kleiner Kuss von

Deinem Herzblättchen.

04.03.2014

Mein liebster Andreas,

auf der Sonneninsel Madeira spürte ich Deine Sehnsucht per E-Mail. Und jetzt???

Gestern Abend habe ich mir Deine Klassik - CD von Wagners Parcifal angehört. Ich war sehr ergriffen und hätte mir Deine Nähe gewünscht. Neben mir zu sitzen und Deine liebe Hand zu halten, hätte schon genügt. Wollte Dich aber nicht anrufen und stören.

Jetzt hoffte ich heute Morgen auf einen Anruf von Dir, jedoch Fehlanzeige. Ja mein Lieber, Du hast bei mir „Gefühle" aufgewühlt und nun haben wir ein Problem. Ich vermute sogar, dass es Dir ähnlich geht und Du vor Deinen „Gefühlen" davonläufst. WARUM??

Auf Madeira konnte ich Deine herzzerreißenden Briefe lesen, die mich immer in einen Glückstaumel versetzten. Auch Deine, wie immer pünktliche Anrufe waren für mich „Liebe" pur.

Trotz Faschingsdienstag kann sich keine fröhliche Stimmung bei mir einschleichen. Bald wird mich eine Freundin zum Nachmittags-Kaffee besuchen.

Vielleicht hast Du Lust mich einmal anzurufen.

Ein lieber Gruß

Dein Herzblättchen.

Gedanken an Dich

Mein Geliebter, mein Herzens-Verbrecher.

Es ist 6.00 Uhr, ich kann nicht mehr schlafen, habe gerade Deine vielen wunderschönen voller Liebe und Sehnsucht schmachtenden Briefe sortiert. Ich war so glücklich auf Madeira und meine innigen Gefühle flogen unaufhaltsam zu Dir. Jetzt bin ich sehr traurig und wehmütig – ähnlich wie in den Operntexten von Richard Wagner.

Auf meiner Urlaubsinsel dachte ich, zu Hause hat mein „Amigo" auch solche, wie in den Briefen zu Herzen gehende Gefühle. Und jetzt – keine oder sehr wenig Zeit, noch nicht einmal eine kleine E-Mail. Ist das jetzt die Realität und muss ich nun so bescheiden sein und alle diese schönen Worte waren NUR ein „Urlaubsflirt". Jetzt zu Hause und vor Ort bekommt man „kalte Füße" und kann nicht mehr so unbefangen zu seiner „Liebe" stehen.

Mein „Orakel" hat mir gesagt:

„Vertraue auf die Kraft des Universums und erwarte das Beste."

Ich habe ja schon immer großes Vertrauen an meine „Obere Adresse" und bedanke mich auch immer.

Wenn ich mich recht erinnere, wollten wir einmal in eine Kirche gehen. Nur – Du und ich – um zu beten.

Mein Lieber, der Alltag ist natürlich anders und nicht nur eine abendliche Stunde am PC, aber Du hast mein Herz aufgewühlt und mit so viel Liebe bestückt, dass man nur glücklich sein konnte. Und, dies soll jetzt in „Heimlichkeiten" enden – darüber wäre ich natürlich sehr, sehr traurig!!

Ist es schlimm, wenn ein betagter Senior sich noch einmal verliebt? Vielleicht freuen sich Deine Kumpels für Dich und wünschen Dir viel Glück. Sogar Helmut Schmidt hat sich mit über 90 Jahren noch einmal verliebt. Also, es ist doch kein Verbrechen eine LIEBE im Alter zu finden, sofern man frei ist!!

Bedenke, dieses Glück haben doch nicht so viele Menschen, die das Schicksal auf so unerklärliche Weise zusammengeführt hat.

Dein „Sensibelchen" ist, wie Du sicher weißt, ein sehr treuer Mensch mit tiefen Gefühlen für den Mann, der ihr Herz erobert hat.

Ich wünsche uns ein wenig mehr Zeit miteinander, denn ich liebe Dich

Dein Herzblättchen.

Ein kleines Sprichwort:

"Nutze den Tag, denn es ist später als du denkst."

15.03.2014

Lieber Andreas,

immer, wenn ich glücklich oder unglücklich bin, muss ich meine Gedanken zu Papier bringen – schon früher – so auch jetzt.

Da Du mir ja keine Gelegenheit für ein ausführliches und aufklärendes Gespräch gibst – versuche ich es jetzt auf diesem Wege und hoffe, Du hast ein wenig Verständnis dafür.

Wenn mich in meinem bisherigen Leben ein Mann begehrte, so wie Du es mir in Deinen vielen lieben und zärtlichen Briefen versprachst, war er gerne in meiner Nähe. Er hatte Zeit und vor allem bekundete er mir seine LIEBE mit vielen kleinen Aufmerksamkeiten und Gesten, aber vor allem war er glücklich, wenn ich ihn begleiten konnte und ich bei ihm war.

Du mein Lieber, hast mir die schönsten Liebesbriefe geschrieben, die man überhaupt schreiben kann und ich dachte an die Fortsetzung, wenn ich zu Hause bin. Jedoch die jetzige Situation mit Dir, ist für mich so total anders und ich muss erst lernen damit umzugehen. Die Toleranz, die Du so oft in Deinen Briefen erwähntest vermisse ich jetzt. Deine „Junggesellen- Gewohnheiten" und viele Termine stehen an erster Stelle – verständlich nach 30 Jahren „Alleingang."

Jedoch, wenn Du Dich d.h. DU lieber Andreas, entschlossen hast – und Du hattest 3 Monate Zeit – eine Frau in Dein Leben einzubeziehen, kann ich diese Person doch nicht vor allen Leuten verstecken. Wenn man dann ab und zu mal für 2-3 Stunden Zeit hat, holt man sie schnell für ein „Date" aus ihrem „Palais". Damit umzugehen ist für mich sehr schwer. Vielleicht war das bei einer „Fernbeziehung" besser.

Lieber Andreas, ich bin wie Du sicher weißt, eine gradlinige Frau und so möchte ich auch weiterleben. Entweder gehöre ich zu Dir und Du stehst zu Deiner Liebe, oder sei bitte ehrlich und sage mir: „Ich möchte mein bisheriges Single-Leben nicht ändern". Vielleicht können wir ab und zu einmal in ein Konzert oder eine Veranstaltung gehen, das wäre auch OK. Jedoch muss man dazu stehen, aber Halbheiten oder Heimlichkeiten gefallen mir nicht.

Verstehe mich bitte richtig, jeder benötigt, egal in welchem Alter, einen gewissen „Freiraum". Jeder – und Du solltest in keinem Falle Deine liebgewonnenen Aktivitäten, Stammtisch-Termine mit Deinen Freunden und Deinen langjährigen sportlichen Betätigungen ändern. NUR, wenn mich ein Mann begehrt, möchte ich auch mit ihm glücklich sein und das kann man nur, wenn „Klarheit" in einer Beziehung besteht.

Du hattest so viele nette Liebkosungen in Deinen zahlreichen, romantischen Briefen für mich, hast mich auf eine „Glücks-Welle" geschaukelt – und jetzt? Ich würde mich so freuen, auf die Zeit mit DIR. –

Aber nun kommen mir Tränen, wenn ich Deine Briefe lese und Dein „Jungfrau – Sensibelchen", wie Du mich manchmal nanntest, hat nun Probleme. Es wäre schön, wenn Du Dich entscheiden könntest, wohin uns die Reise der Liebe noch führt.

Leider hast Du meine 2 letzten Briefe noch nicht beantwortet. Ich frage mich warum???

Für heute alles Liebe

Deine Isabell.

22.03.2014

Wie schon erwähnt, versiegten plötzlich die netten und besonders die wunderschönen Liebesbriefe von meinem Verehrer, die mich auf meiner Frühlingsinsel so beglückten.

Habe ich alles nur geträumt? Ich spüre die Brise, die all die romantischen Liebesbriefe in alle Winde zu zerstreuen droht. Oder sollte diese „Romanze" doch noch einmal von der Sonne geküsst werden, und wie wird sie wohl enden?

Endlich am 01.04. nach langer „Wartezeit" kam eine E-Mail.

Guten Abend mein Liebes −

vielen Dank für Deine netten Briefe.

Leider kam mein Tag anders als mit Golf geplant. Jetzt freue ich mich morgen auf den Spaziergang in der schon frühlingshaften Natur mit Dir und hoffe, dass wir die wärmende Sonne zusammen genießen können.

A domani

Andre

10.04.2014

Buona sera bella bionda -

Bevor ich nach Salzburg entschwinde noch einen lieben Gruß für Dich.

Jetzt bin ich voller Vorfreude auf mein geliebtes Salzburg und „Arabella" mit der Sopran-Queen Renne Flemming, in der Titelpartie von Richard Strauß!

Schöne Grüße bis nächste Woche

Andreas.

Statt Sonne traf ein kühler Windstoß mein Herz! Hatte der liebe Andreas mir nicht große Versprechungen bezüglich der „Salzburg-Festspiele" gemacht?

Nun versuchte ich mir das Wochenende so angenehm wie möglich zu gestalten. Und siehe da, am Samstagabend gab es im TV die Original-Übertragung der „Arabella" aus dem Festspielhaus Salzburg.

Welch ein Zufall und ich war natürlich glücklich.

Jedoch „verwehte" die Prise unsere Romanze immer mehr. Ich spüre, wie mich die Realität eingeholt hat. Mein „Traumprinz", dessen romantische Gedanken mich in der Ferne erwärmten, war nur in meinen Träumen der Prinz.

Da mein „lieber Andreas", nun „vom Winde verweht" war und keine Zeit mehr für sein „Herzblättchen" hatte, buchte ich kurzfristig eine Busreise nach Graz. Viel lieber hätte ich mit ihm das Osterfest verbracht.

Aber was soll's!!!

Und ein Lüftchen trug mir noch am 24.04.2014 eine E-Mail zu:

Liebe Isabell,

verzeih meinen späten Abendgruß, doch das warst Du ja gewöhnt in Deinen Madeira-Tagen.

Zurück von Deiner Graz-Reise wirst Du Dich sicher wieder gut in Deinem Luisen-Palais eingelebt haben.

Das frühsommerliche Wetter hat mich diese Woche schon zweimal zum Golfen verführt, auch heute war ich mit meinen Freunden auf dem Golfplatz und in einem feinen italienischen Restaurant, umgeben von einem Panoramablick auf die knallgelben Rapsfelder und die Weinberge – Sport-Romantik pur!

Leider habe ich nur mittelmäßig gespielt!

Sofern Du am Wochenende noch keine Verabredung hast, melde Dich bitte, ich freue mich darauf.

    Ein Abendsegen von **_Andreas._**

20.04.2014

Lieber Andreas,

es ist schon spät, habe gerade Deinen Abendgruß erhalten. Vielen Dank dafür.!

Jetzt werde ich viel besser schlafen, jedoch ist es Zufall, dass ich den PC so spät nochmal geöffnet habe.

Freue mich für Dich, dass Du so schöne Golftage erleben konntest. Das frühlingshafte Wetter war ja auch einladend.

Zu Deiner Frage bezüglich Wochenende. Am Samstag ist in der Stadthalle ein großes Frühlingskonzert. Ich besuche es seit vielen Jahren und es ist immer wunderschön. Heute wurde in der Zeitung darüber berichtet.

Wenn Du willst, freue ich mich natürlich, Dich als Begleiter bei mir zu haben.

Vielleicht kannst Du mich anrufen.

Jetzt sage ich Tschüss oder guten Morgen und wünsche Dir einen schönen Tag.

Isabell.

Liebe Leser,

auf Madeira dachte ich natürlich, dass diese Liebesbriefe eine reale Fortsetzung zu Hause haben – leider Fehlanzeige!!!

Am 01. Mai beendete ein letzter Windzug die liebevolle „Romanze". Ein kleines Gedicht, welches ich für ihn noch verfasste, möchte ich zum Schluss anfügen.

Zeit für Dein Herzblättchen.

Liebster Andreas!

Mein Sinnen in der Nacht, hat mich auf eine Idee gebracht!
Eine bescheidene Frage, mein Lieber an Dich.
Wo sind Deine Gefühle und Beteuerungen für mich?
Die Du mir so leidenschaftlich und sehnlichst versprachst,
Als ich auf Madeira war und Dich noch nicht traf.

Verheißungsvoll so dachtest Du stündlich an mich,
Und jetzt so viel „Freiraum", wenig Sonne und Licht.
Wie kann eine Blume (Mimose) nur so überleben?
Eine LIEBE lebt doch vom Geben und Nehmen.!

Bitte mein Liebster, überdenke Deine schmeichelnden Worte,
Und wie Du mich beglücktest, am weit entfernten Orte.
Unser Leben ist zu kurz, für eine lange Wartezeit,
Sag es mir ehrlich, bist Du wirklich bereit, mit mir zu verbringen,
Stunden der Liebe und Zweisamkeit.?

Bedenke in unserem „Senioren-Alter" ist doch jede Stunde eine „Kostbarkeit".

Isabell, Dein Herzblättchen.

Liebe Leser,

leider gehen auch alle „Traum – Reisen" einmal zu Ende…

… und wie so oft sind „Träume nur Schäume"! Aber – Hand aufs Herz – ziehen uns Träume und Erinnerungen nicht mehr in ihren Bann, als die Realität? Und – weil unsere „Träume" vielfach die schöne Kehrseite der Wirklichkeit ist, verewigen wir sie tief in unserem Schatzkästchen der Phantasie!

Wie in vielen Opern Liebesarien bei der letzten Szene plötzlich verhallen, so fand auch diese „Liebes – Traum – Schwärmerei" vom Glück ihren Ausklang. Die Madeira – Romanze, mit den zu Herzen gehenden Liebesbriefen wurde **„vom Winde verweht"**.

Erlauben sie mir, unsere „Madeira – Romanze" mit einem netten Abschluss zu beenden!

Lange hörte ich nichts mehr von Andreas. Doch plötzlich wurde ich von einem sehr hübschen Weihnachtsbrief und einem kleinen Geschenk überrascht.

12.12.2014

Liebe Isabell!

Die besinnliche Adventszeit bringt meine Worte und Gedanken für Dich zurück, an Deine Madeira-Tage vor einem Jahr und unsere verliebten, zahllosen Mails und Telefonate.

Es waren stets erfüllte Momente aus weiter Ferne für mich, aber ich vermag nicht richtig zu sagen, warum nach Deiner Rückkehr mein „Gefühlsfaden" zu Dir vorbei war.

Danach las ich manchmal Deine wundervoll poetischen Zeilen. Doch reichte mein vielleicht zu vernünftiger – auch egoistischer Altersverstand – nicht aus, neue Kontakte zu Dir zu finden.

Verzeih bitte liebe Isabell, wenn ich trotz meines Alleinseins, Dir zu viel versprach. In dieser Abendstunde berieselt mich eine stimmungsvolle Weihnachts- CD mit Placido Domingo, Luciano Pavarotti und dem warmen Sopran der Amerikanerin Natalie Cole – eine Schmuse CD fürwahr.!

Mein beiliegendes Postkarten-Geschenk soll Dir eine kleine Weihnachtsfreude bereiten.

Mit sehr herzlichen Grüßen, ein frohes Weihnachtsfest und alles Gute im neuen Jahr, wünscht Dir von ganzem Herzen

    Andreas.

Nachwort:

Habe ich Ihnen zu viel versprochen, mit dem Buchtitel:

„Liebesbriefe, die Herzen gehen."

Jedoch zweifele ich daran, ob es Menschen gibt, denen diese Briefe gefallen. Doch der Phantasie sind ja keine Grenzen gesetzt und vielleicht werden bei ihnen auch ein paar „Erinnerungen" wach. Sie dürfen es auch einordnen unter **„Dichtung und Wahrheit"**.

Zum Abschluss noch ein kleiner Ausschnitt aus

„Der träumende Delphin":

„Vielleicht bedeutet Lieben auch lernen,

jemanden gehen zu lassen.

Wissen, wann es Abschiednehmen heißt.

Nicht zulassen, dass unsere Gefühle,

dem im Wege stehen.

Was am Ende wahrscheinlich besser ist

für die, die wir lieben."

H. H.

Epilog:

In den letzten Jahrhunderten hat sich, wie Sie lesen können, in punkto „Liebesbriefe" sehr viel geändert, deshalb möchte ich Ihnen liebe Leser, im Anhang zwei besondere Liebesbriefe und ein Liebesgedicht aus früheren Epochen hinzufügen. – Inzwischen eine kleine Kostbarkeit – !

Clara an Robert Schumann, Silvester 1839.

Den Neujahrskuß laß Dir geben, mein geliebter Robert, mit welchen Gefühlen ich das neue Jahr betrete, kann ich Dir nicht sagen, es sind freudige aber auch ernste. Ich soll Dir nun bald ganz angehören, das erregt mich freudig, mein ganzes Lebensglück liegt dann aber auch in Deiner Hand. Ein unbegrenztes Vertrauen hab ich zu Dir, Du wirst mich ganz beglücken. Aber auch ich will Dir immer von ganzer Seele ergeben sein, mein ganzes Sinnen und Trachten ist ja Dein Glück. Gib mir Deine Hand, mein Robert, treu will ich mit Dir durchs Leben gehen. Alles mit Dir teilen, und, kann ich es, Dir auch eine gute Hausfrau sein. Ach! Ich liebe Dich ja so innig, so ganz unendlich! Bald Dein glückliches Weib,

Deine Clara

„Liebe greift auch in die Ferne,
Liebe fesselt ja kein Ort!
Wie die Flamme nicht verarmet,
zündet sich an ihrem Feuer
eine andre wachsend fort."

Friedrich von Schiller

Heinrich von Kleist an Henriette Vogel, Berlin 1811.

Mein Jettchen, mein Herzchen, mein Liebes, mein Täubchen, mein Leben, mein süßes Leben, mein Lebenslicht, mein Alles, mein Hab und Gut, meine Schlösser, Äcker, Wiesen und Weinberge, o Sonne meines Lebens, Sonne, Mond und Sterne, Himmel und Erde, meine Vergangenheit meine Zukunft, meine Braut, mein Mädchen, meine liebe Freundin, mein Innerstes, mein Herzblut, mein Eingeweide, mein Augenstern, o Liebste, wie nenn ich Dich?

Mein Goldkind, meine Perle, mein Edelstein, eine Krone, meine Königin und Kaiserin. Du lieber Liebling meines Herzens, mein Höchstes und Teuerstes, mein Alles und Jedes, mein Weib, meine Hochzeit, die Taufe meiner Kinder, mein Trauerspiel, mein Nachruhm. Ach, Du bist mein zweites besseres Ich, meine Tugenden, meine Verdienste, meine Hoffnung, die Vergebung meiner Sünden, meine Zukunft und Seligkeit, o Himmelstöchterchen, mein Gotteskind, meine Fürsprecherin, mein Schutzengel, mein Cherubim und Seraph, wie lieb ich Dich!

Heinrich von Kleist

Einen Brief soll ich schreiben

Einen Brief soll ich schreiben
Meinem Schatz in die Fern',
Sie hat mich gebeten,
Sie hätt's gar zu gern.

Da lauf ich zum Krämer,
Kauf Tint' und Papier
Und schneid' mir ein' Feder,
Und sitz' nun dahier.

Als wir noch mitsammen
Uns lustig gemacht,
Da haben wir nimmer
Ans Schreiben gedacht.

Was hilft mir nun Feder
Und Tint' und Papier!
Du weißt, die Gedanken
Sind allzeit bei dir.

Theodor Storm

Von der Autorin Henriette Maria Heil sind noch folgende Bücher erschienen:

„Laufe dem Glück entgegen".
Eine poetische Lebensreise.
BOD-Verlag ISBN 978-3-8448-6201-0

**„Begegnungen mit dem ICH
und schenke Dir ein Lächeln."**
Ein Gesundheits- und Schönheitsbrevier.
Epubli-Verlag ISBN 978-3-8442-7395-3